테레즈 라캥

일러두기
- 이 책은 Émile Zola, 『*Thérèse Raquin*』(Project Gutenberg, 2005)을 참고했습니다.

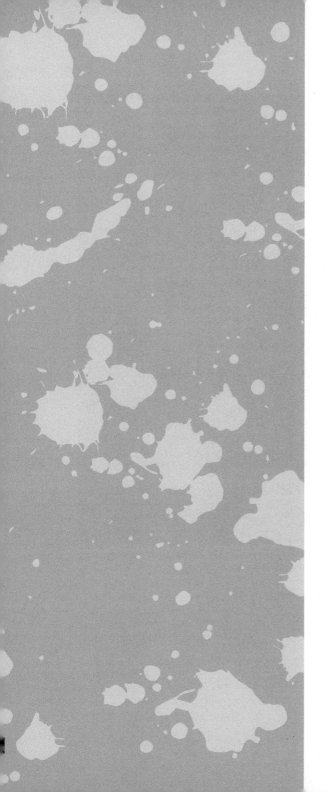

Thérèse Raquin

테레즈 라캥

에밀 졸라 지음

림

에두아르 마네의 「에밀 졸라」

에두아르 마네가 1868년에 그린 에밀 졸라의 초상화다. 현재는 오르세 미술관에 소장되어 있다. 일찍부터 그림에 관심을 가진 에밀 졸라는 살롱에서 배척된 마네를 적극적으로 지지하는 글을 썼다. 마네는 이에 대한 감사의 뜻으로 초상화를 그리게 되었다. 「에밀 졸라」 작품을 보면 벽에는 마네의 또 다른 작품 「올랭피아」의 사진이 있고, 책을 들고 있는 에밀 졸라의 모습을 그렸다.

『테레즈 라캥』의 배경인 퐁—뇌프 소로를 묘사한 삽화

『테레즈 라캥』은 "강둑 쪽으로부터 오다보면, 게네고가(街) 끝에서 퐁—뇌프 소로(小路)를 만나게 된다. 마치 복도처럼 좁고 어두운 이 길은 마자린가(街)로부터 센가(街)까지 이어져 있다. 이 좁은 길 왼편으로는 침침하고 낮고, 쪼그라진 가게들이 틀어박혀 있어서 마치 동굴에서 나오는 것 같은 찬 숨결을 내뿜고 있었다"라고 퐁—뇌프 소로를 자세히 설명하면서 시작한다. 이 부분을 묘사한 삽화다.

「오로르」지에 실린 에밀 졸라의 논설

1984년 독일 대사관에 군사 정보를 팔았다는 혐의로 포병 대위 드레퓌스가 종신형을 선고받는다. 파리의 독일 대사관에서 몰래 빼내온 정보 서류의 필적이 비슷하다는 것 외에는 아무 증거가 없었지만, 단지 그가 유대인이라는 이유만으로 범인으로 몰린 것이다. 그 후 군부에서는 진범이 드레퓌스가 아닌 다른 사람이라는 확증을 얻었는데도 사건을 은폐하려 하였다. 이에 졸라는 「나는 고발한다(J'accuse)」라는 제목의 논설을 1898년 1월 13일 자 「오르르(l'Aurore)」지에 발표했다. 이 고발문으로 인해 졸라는 그 해 영국으로 망명할 수밖에 없게 된다.

테레즈 라캥 **차례**

제1장

강둑 쪽으로부터 오다보면, 게네고가(街) 끝에서 퐁-뇌프 소로(小路)를 만나게 된다. 마치 복도처럼 좁고 어두운 이 길은 마자린가(街)로부터 센가(街)까지 이어져 있다.

이 좁은 길 왼편으로는 침침하고 낮고, 쪼그라진 가게들이 틀어박혀 있어서 마치 동굴에서 나오는 것 같은 찬 숨결을 내뿜고 있었다.

오른편으로는 길을 따라서 죽 벽이 있었고 맞은편 가게 상인들은 그 벽에 좁은 수납장들을 바싹 붙여놓고 있었다. 이름도 없는 물건들, 20년 전부터 아무도 돌아보지 않는 상품들이 흉한 갈색 칠을 한 널빤지들 위에 놓여 있었다. 모조 보석을 파는 여자도 싸구려 반지들을 그곳에 진열하고 있었다.

몇 해 전, 이 여자 상인의 맞은편에 한 상점이 있었다. 그 상점의 짙은 녹색 판자들은 갈라진 틈으로 축축한 습기를 풍기고 있었다. 좁고 긴 판자로 만든 광고판에는 검은 글씨로 '수예품점'이라고 쓰여 있었고, 문 유리창 한 곳에는 붉은 글씨로 '테레즈 라캥'이라는 여자의 이름이 적혀 있었다. 가게 안 좌우로는 푸른색 종이를 바른 깊숙한 진열장이 붙박여 있었다.

진열장 한쪽에는 여성용품들이 있었고 다른 한쪽에는 커다란 초록색 털실 뭉치, 검은 단추들, 뜨개바늘, 양탄자 견본, 리본 감아놓은 것 등이 퇴색한 채 진열되어 있었다. 5~6년 전부터 그곳에 진열된 채 잠자고 있음이 틀림없었다. 모든 것들이 회색으로 변질되어 먼지와 습기로 썩어가고 있었다.

여름날 정오쯤 되면 젊은 여인의 창백하고 심각한 옆얼굴이 보인다. 그 얼굴은 어둠이 지배하고 있는 상점 안에서 아주 흐릿하게 그 모습을 드러내고 있었다. 이마는 낮았으며 코는 길고 뾰족했고 입술은 불그스름했고 좀 신경질적으로 보이는 턱은 부드러운 선을 이루면서 목 위에 붙어 있었다. 그녀의 몸은 어둠에 잠겨 보이지 않았다. 희미하게 보이는 그 옆얼굴에서 크게 뜬 검은 눈을 알아볼 수 있었다. 다른 한쪽은 마치 숱이 진한 머리카락에 가려진 것 같았다. 그녀는 몇 시간 동안 꼼짝

제1장

9

않고 조용히 앉아 있었다.

저녁에 램프 불이 밝혀지면 상점 안이 들여다보인다. 상점 한쪽 끝에는 계산대가 있었다. 다른 한쪽에는 2층 방으로 오르는 나선형의 계단이 있었다. 벽들에는 진열창, 진열장, 녹색의 종이 상자들이 있었고 네 개의 의자와 한 개의 책상이 가구의 전부였다. 상점은 헐벗고 얼어붙어 있는 것 같았다.

평상시에는 계산대 뒤에 두 명의 여자가 앉아 있었다. 심각한 표정을 하고 있는 젊은 여자와 웃는 얼굴로 졸고 있는 늙은 여자 두 명이었다. 늙은 여자는 60살쯤 되어 보였다. 그녀의 기름지고 태평스러운 얼굴은 램프 불빛 아래서 하얀색을 띠고 있었다. 얼룩무늬 고양이 한 마리가 계산대 모서리에 쪼그리고 앉아 졸고 있는 노파를 바라보고 있었다.

조금 아래쪽에 30세가량의 남자가 의자에 앉아 책을 읽거나 젊은 여인과 낮은 목소리로 무언가 이야기를 나누기도 했다. 남자의 키는 작았으며 허약한 데다 무기력해 보였다. 머리카락은 엷은 갈색이었고 수염이 드문드문 나 있었으며 얼굴에는 온통 붉은 반점이 있었다. 마치 병든 응석받이 어린아이 같았다.

저녁 10시쯤 되면 노파는 잠에서 깨어난다. 그런 후 가게 문을 닫고 식구들 모두 2층으로 올라간다. 그러면 얼룩무늬 고양이도 계단 나무 판에 얼굴을 비비며 그들을 따라간다.

2층에는 방이 셋 있었다. 계단은 응접실 겸용 식당으로 통하고 있었다. 그리고 식당 양편으로 침실이 하나씩 있었다. 노파는 아들과 며느리에게 키스를 한 다음 자기 방으로 들어간다. 고양이는 부엌 의자에 앉아 잠을 잔다. 부부는 그들의 침실로 들어갔다. 그 방에는 식당과 통하는 문 외에 계단 쪽으로도 또 하나의 문이 있었다. 그 계단은 좁고 어두컴컴한 샛길로 통했으며 그 샛길은 퐁-뇌프 소로와 이어지고 있었다.

언제나 열이 나서 떨고 있는 남편이 침대에 눕는다. 그사이 젊은 부인은 덧창을 닫기 위해 창문을 연다. 그녀는 창가에 잠시 서서 주랑 위로 쭉 뻗어 올라간 거대하고 검은 벽을 바라본다. 그녀는 그 벽을 향해 흐릿한 시선을 던진 후에 말없이 무심한, 그러나 다소 경멸적인 표정을 한 채 잠자리에 든다.

제2장

라캥 부인은 옛날 베르농에서 수예품 재료 가게를 했다. 거의 25년간, 그녀는 작은 그 가게에서 살았다. 남편이 죽은 지 몇 년 후에 그녀는 그 가게를 처분했다. 그동안 절약해서 모은 돈에 가게 판 돈을 합치니 그녀의 수중에 4만 프랑의 돈이 들어왔다. 그녀는 그 돈을 투자해서 연 2,000프랑의 수입을 얻을 수 있었다. 그 정도 액수면 그녀가 살아가기에 충분했다.

그녀는 400프랑으로 정원이 센 강가까지 이어지는 작은 집을 세냈다. 은근히 수도원의 분위기를 풍기는 벽으로 둘러싸인 한적하고 조용한 집이었다. 쉰을 넘긴 선량한 부인은 고독 속에 갇힌 채 아들 카미유와 조카 테레즈와 지내면서 차분한 즐거움을 맛보고 있었다.

그곳에 살 당시 카미유는 스무 살이었다. 하지만 어머니는 아직 그가 어린아이인 것처럼 애지중지했다. 그가 어렸을 때 죽을병을 앓았고 오랫동안 고생고생해서 겨우 살려냈기 때문에 그녀는 그를 지나칠 정도로 귀여워했다. 아이는 겪을 만한 온갖 열병이란 열병은 다 겪었다. 라캥 부인은 거의 15년 동안이나 자기 자식의 목숨을 빼앗으려고 연달아 달려드는 무서운 병들과의 싸움에서 이겨낸 것이었다. 그녀의 인내, 그녀의 노력, 그녀의 사랑으로 그녀는 그 모든 병들을 물리쳤다.

죽음의 위협에서 벗어난 뒤에도 카미유는 반복적으로 열병에 시달렸고 아픈 몸을 벌벌 떨며 살아야만 했다. 정상적으로 발육을 할 수 없었던 카미유는 나이가 들어서도 키가 작고 허약했다. 그의 어머니는 그가 너무 허약했기에 그를 그만큼 더 사랑했다. 그녀는 일종의 의기양양한 애정을 담은 표정으로 아들의 작고 창백한 얼굴을 바라보았다. 그녀의 얼굴에는 그를 열 번도 더 살려냈다는 자신감이 넘치고 있었다.

몸이 아프다가 잠깐 괜찮을 때 아이는 베르농의 상업학교에서 수업을 받았다. 그는 그 학교에서 철자법과 산수를 배웠다. 산수는 겨우 곱셈과 나눗셈의 기본만 익혔으며 극히 초보적인 문법 지식을 배우는 데 그쳤다. 후에 그는 글쓰기 공부와 부기를 배웠다.

　라캥 부인은 아들을 고등학교에 보내지 않았다. 아들이 자기와 떨어져 공부하다가는 죽을 것 같아서였다. 그래서 카미유는 무식할 수밖에 없었고, 무식했기에 더더욱 나약한 존재가 되었다.

　그가 열여덟 살이 되었을 때 그는 할 일이 없었다. 하지만 어머니의 사랑의 품에서 살다가 그냥 죽기는 싫었다. 그래서 그는 포목상의 서기로 취직해서 한 달에 60프랑의 돈을 벌었다. 그는 본래 참을성이 없는 성격이었다. 그런데 포목상에서의 거친 일, 하루 종일 계산대 위에 꾸부리고 앉아 숫자 하나하나를 따져야 하는 일들을 하면서 그는 오히려 보다 더 차분해졌고 편안한 기분을 느꼈다.

　그가 포목상에 들어가려 했을 때 그는 어머니와 싸워야만 했다. 어머니는 그를 언제고 자신의 품에 두고 싶어 했다. 살면서 겪게 될 위험으로부터 그를 보호해주고 싶어서였다. 젊은이는 마치 장난감을 달라고 떼를 쓰듯이 어머니에게 일을 요구했다. 의무감에서 그런 것이 아니었다. 일종의 본능에 의한 자연스러운 욕구였다.

　어머니가 그를 너무 사랑했고 헌신적이었기에 그는 대단히 이기적이 되었다. 그는 자기를 동정하고 자신을 쓰다듬어주는 사람을 자신도 사랑한다고 생각했다. 하지만 그건 사랑이 아니었다.

실제로는 자기 생각에만 파묻혀 있었다. 그는 오로지 자신이 편안할 길, 자신이 즐거워할 일만 찾으려고 애를 썼다. 그는 이기적이었다. 그는 어머니의 지나친 애정에 진저리가 나서 일부러 물약과 알약을 먹지 않기도 했다. 또한 저녁에 사무실에서 돌아오면 센 강가를 사촌인 테레즈와 함께 달리기도 했다.

테레즈는 이제 곧 열여덟 살을 눈앞에 두고 있었다. 16년 전, 라캥 부인이 아직 수예품 상점을 경영하고 있던 시절 어느 날이었다. 오빠인 드강 대위가 팔에 어린 소녀를 안고 그녀에게 와서 웃으며 말했다. 그는 알제리에서 막 돌아온 참이었다.

"이 애가 네 조카야. 제 어미가 죽어버렸어……. 나는 이 애를 어떻게 해야 할지 모르겠어. 너한테 맡기면 안 되겠니?"

드강 대위는 베르농에 1주일간 머물렀다. 라캥 부인은 조카에 대해 별로 묻지 않았다. 그 귀여운 소녀가 알제리 오랑에서 태어났다는 것, 그 애의 어머니가 아주 아름다운 알제리 여자라는 것만 겨우 알았을 뿐이었다. 대위는 출발 한 시간 전에 그 애의 출생증명서를 보여주었다. 그 증명서에 아이의 이름이 테레즈 라캥이라고 적혀 있었다. 그는 떠났고 다시 돌아오지 않았다. 아프리카에서 살해되었던 것이다.

어린 시절 테레즈는 카미유와 한 침대에서 잠을 잤다. 그 애는 강철처럼 튼튼했다. 하지만 그 애의 고모는 마치 그 애를 허약한 아이처럼 돌보았다. 그 애는 사촌의 약을 나누어 먹으며 어린 병자의 후덥지근한 방에서 함께 지냈다.

자신의 본래 체질과는 어울리지 않는 생활을 억지로 하다보니 그 애는 내성적이 되었다. 그 애는 소곤소곤 낮은 목소리로 말했으며 소리를 내지 않고 걸었고, 멍하게 두 눈을 뜬 채 의자에 꼼짝 않고 말없이 몇 시간이고 앉아 있곤 했다. 하지만 그런 생활이 타고난 그 애의 육체적 에너지를 고갈시키진 못했다. 그 애는 여전히 건강했다. 그 애는 불꽃같은 자신의 본능을 속에 감춘 채 살았다.

라캉 부인이 재산을 팔아 센 강가의 작은 집으로 이사하자 테레즈는 너무 기뻐서 남몰래 몸을 떨었다. 겉으로 그런 표시를 했다가는 고모가 금세 제지를 할 것을 알았기 때문이었다. 정원과 흰 강물과 지평선을 향해 올라가는 초록색 언덕을 바라보면서 소리를 지르며 달려가고 싶은 야생적인 욕망을 느꼈다. 그녀의 심장이 마구 두근거렸다. 하지만 얼굴 근육 어느 한 군데도 그런 표시는 나타나 있지 않았다. 고모가 새로 이사 온 집이 마음에 드느냐고 물었을 때 그냥 조용히 미소를 지었을 뿐이었다.

그녀는 여전히 병자의 침대 속에서 자란 어린애의 모습이었다. 그러나 내면에서는 타오르는 듯한 격정적인 삶을 살고 있었다. 강가 풀밭에 홀로 있게 되면 그녀는 마치 짐승처럼 배를 깔고 검은 눈을 크게 뜬 채 막 도약하려는 듯 몸을 비튼 자세를 하곤 했다. 그러고는 몇 시간 동안이나 태양빛에 온몸을 맡긴 채, 손가락을 땅에 찔러 넣고, 아무 생각 없이 마냥 행복해했다. 그녀는 미친 듯한 꿈을 꾸고 있었다. 그녀는 강물을 도전하듯 바라보며 그 강물이 자신을 덮치는 광경을 상상하고 있었다. 그러면 그녀는 팽팽하게 긴장한 채 방어 태세를 갖추고 분노에 사로잡혔다. 그녀는 어떻게 하면 저 파도를 정복할 수 있을까 생각하고 있었던 것이다.

저녁이면 그녀는 고모 곁에서 바느질을 했다. 라캥 부인은 언제나 자애로운 눈길로 아이들을 바라보곤 했다. 그녀는 둘을 결혼시켜야겠다고 마음먹고 있었다. 그녀는 자기 아들이 언제나 위독한 상태에 있다고 생각했다. 자기가 죽으면 테레즈가 간호사로서 자기 아들을 돌보기를 원했다. 그녀는 조용한 데다 말도 별로 없는 조카딸을 바라보며 한없는 신뢰의 시선을 보냈다. 그녀는 조카딸을 수호천사로서 자기 아들에게 선물하고 싶었던 것이다. 그들의 결혼은 미리 예견되고 계산된 결말이었다. 그녀는 공공연히 테레즈가 스물한 살이 될 때까지 기다리자고 말했고, 아이들도 자기들이 결혼해야 한다는 것을 알고 있었다.

병 때문에 빈혈에 시달리고 있던 카미유에게는 젊은이로서의 강렬한 욕망이 없었다. 그는 그녀의 사촌 앞에서 언제나 소년이었다. 그는 테레즈를 포옹할 때도 어머니를 포옹할 때와 마찬가지로 그저 습관적으로 할 뿐이었다. 그에게 테레즈는 자기의 심심풀이 친구이거나 때로는 탕약을 끓여주는 친절한 친구일 뿐이었다.

그렇게 달이 가고 해가 갔다. 드디어 결혼 날이 왔다. 라캥 부인은 테레즈에게 그녀의 부모에 대해, 그녀가 어떻게 자기들과 함께 지내게 되었는지에 대해 이야기해주었다. 그녀는 묵묵히 듣기만 할 뿐 아무런 말도 하지 않았다.

결혼 날 저녁, 테레즈는 계단 왼쪽에 있는 자기 방으로 들어가는 대신 오른쪽에 있는 사촌 오빠의 방으로 들어갔다. 그날 그녀의 삶에서 일어난 변화는 그것이 전부였다. 다음 날 두 젊은 부부가 아래층으로 내려왔을 때, 카미유는 여전히 병적인 무기력과 이기주의자의 침착성을 지닌 젊은이였고, 테레즈는 여전히 부드러운 무관심을 지닌, 무서울 정도로 조용하고 냉정한 얼굴을 한 젊은 여자였다.

제3장

　결혼 1주일이 지나자 카미유는 베르농을 떠나 파리에 가서 살자고 어머니에게 강하게 말했다.

　라캥 부인은 밤새 잠을 이루지 못했다. 그녀는 곰곰 생각했다.

　'젊은 저 부부는 곧 애들을 갖게 될 거야. 그러면 변변찮은 지금 재산으로는 부족할 거야. 돈을 다시 벌어야 해. 장사를 다시 해야 해. 테레즈도 돈 될 만한 일을 하게 해주어야 하고.'

　다음 날 그녀는 베르농을 떠난다는 생각을 굳혔고 새로운 생활에 대한 설계도 마쳤다.

　점심 때 그녀는 아주 쾌활하게 아들 부부에게 말했다.

　"자, 이렇게 하자꾸나. 내가 내일 파리로 갈 거야. 내가 수예품 가게를 알아볼게. 테레즈하고 내가 다시 바늘과 실을 팔게 될 거야. 카미유 너는 네 하고 싶은 대로 해. 그냥 햇볕을 쬐며 산책해도 되고, 일자리를 얻어도 돼."

"일자리를 알아보겠어요." 젊은이가 대답했다.

사실 카미유가 떠나겠다고 우긴 건 자기만의 욕심이 있었기 때문이었다. 그는 커다란 관공서에서 사무원 일자리를 얻고 싶었다. 그는 큰 사무실에서 팔뚝에 무명으로 만든 토시를 끼고 귀에 펜을 꽂고 있는 자신의 모습을 그려보고는 기쁨으로 얼굴이 붉어졌다.

두 명 다 테레즈에게는 아무런 상의도 하지 않았다. 그녀가 언제나 수동적으로 복종만 해왔기에 고모나 남편이나 그녀의 의견을 묻는 일은 없었다. 그녀는 모든 것을 그들이 하는 대로 따라 했다.

라캥 부인은 즉시 파리로 가서 퐁-뇌프 소로를 찾아갔다. 베르농의 한 늙은 처녀가, 자기 친척 한 명이 그 길에서 수예품 가게를 하고 있는데 그 가게를 처분하려 한다며 라캥 부인에게 소개해준 것이다. 전에도 그런 가게를 했던 라캥 부인에게 그 가게는 약간 작고 어둡다고 생각되었다. 하지만 복도가 좁고 진열창이 소박한 게 자신이 전에 열었던 가게와 마찬가지로 평온한 느낌을 주었다. 그녀는 자기 아들과 며느리도 번잡하지

제3장

21

않은 이곳에서 행복할 수 있으리라 생각했다. 게다가 값도 싼 것이 마음에 들어 그녀는 결정했다.

그녀는 화색이 가득한 채 베르농으로 돌아갔다. 그리고 파리 한복판에서 정말 보석처럼 기막힌 곳을 찾았다고 말했다. 며칠 동안 저녁 내내 그녀는 그들이 살아갈 곳에 대해 이야기를 했다. 그사이 축축하고 어두운 그 가게는 궁전이 되었다.

그녀가 테레즈에게 말했다.

"아가야, 우리는 거기서 정말 행복할 거야. 거리에 오가는 사람도 참 많아. 멋지게 진열을 하자꾸나. 지루할 틈이 없을 거야."

바로 그날 저녁 그들은 센 강가의 집을 떠나 퐁-뇌프 소로로 이사했다.

테레즈는 앞으로 그녀가 살게 될 가게로 들어가면서 마치 기름기에 절은 시궁창 속 땅으로 들어가는 것 같았다. 목구멍으로 구역질을 느꼈으며 무서워서 몸이 떨리기까지 했다. 상점을 둘러보고 2층으로 올라가 방들을 둘러보니 기가 막혔다. 가구 없이 텅 빈 방들은 곳곳이 파손되어 있었다. 그녀는 손끝 하나 움직일 수 없었고 말조차 나오지 않았다. 고모와 남편이 아래층으로 내려간 사이 그녀는 주먹을 꼭 쥔 채 목이 메어 트렁크 위에 앉아 있었지만 울 수조차 없었다.

한 주 내내 가게와 집은 여전히 뒤죽박죽인 채였다. 첫날부터 테레즈는 계산대 뒤에 앉아 꼼짝도 하지 않았다. 라캥 부인은 며느리의 넋을 잃은 태도를 보고 놀랐다. 그녀는 며느리가 집 안을 예쁘게 꾸미고, 창가에 꽃도 놓고, 새 벽지도 주문하고, 커튼과 양탄자도 마련하려니 생각하고 있었던 것이다.

며느리는 조용한 목소리로 대답했다.

"그럴 필요가 뭐 있겠어요? 이대로 좋은데요, 뭐. 사치할 필요 없잖아요."

라캥 부인이 손수 방을 정리하고 가게도 정리해야 했다. 시어머니가 자기 눈앞에서 쉴 새 없이 왔다 갔다 하는 모습을 보다 못한 테레즈는 가정부 한 명을 불러와 일을 시킨 후 시어머니이자 고모를 자기 곁에 앉게 했다.

카미유는 한 달 동안 일자리를 구하지 못하고 지냈다. 마침내 그는 오를레앙 철도국에서 일을 할 수 있게 되었다. 한 달 급료는 100프랑이었다. 그의 소원이 이루어진 것이다.

그는 아침 8시에 출근했다. 그는 게네고가를 내려가서 부두에 다다랐다. 그런 후 그는 주머니에 손을 찌른 채 잰 걸음으로 프랑스 학사원을 지나 식물원까지 센강을 따라 걸어갔다. 그는 흐르는 강물을 바라보기도 하고 걸음을 멈춰 서서 강을 따라 내려가는 목선을 바라보기도 했다. 그리고 저녁이면 사무실에서 들었던 하찮은 이야기들로 머리를 가득 채운 채 식물원을 지나 동물원으로 곰들을 보러 가곤 했다. 그런 후 지나다니는 사람들, 마차들, 길가의 상점들에 정신을 빼앗기며 집으로 돌아왔다.

집에 오면 그는 식사를 한 후 책을 읽었다. 그는 뷔퐁이 쓴 박물지를 최근에 사서 읽기 시작했는데 따분해서 잠이 오긴 했지만 그래도 하루에 두세 쪽씩 꾸준히 읽었다. 그는 가끔 테레즈에게 책을 읽어주려고도 했다. 그는 자기 아내가 너무 무식하다고 생각했던 것이다. 하지만 테레즈는 신경질을 내며 책을 치워버리라고 했다. 그녀는 눈을 한 군데 응시하고 골똘히 생각에 잠기는 것을 좋아했다.

장사는 그럭저럭 되어 갔다. 그 거리 여직공들이 주 고객이었다. 테레즈는 언제나 똑같이 기계적인 말과 기계적인 미소로 손님들을 대했다. 라캥 부인은 좀 더 친절하고 말이 많았으며 사실상 가게에 손님을 끌어들이는 것은 바로 그녀였다.

3년 동안 비슷한 일이 반복되었다. 카미유는 단 하루도 결근하지 않았다. 라캥 부인과 테레즈는 거의 가게 밖으로 나가지 않았다. 테레즈는 축축한 그늘, 맥없고 짓눌리는 듯한 침묵 속

에 살면서, 비참한 자신의 삶이 자기 앞에 펼쳐지는 것을 보았
다. 매일 저녁이면 똑같은 차가운 잠자리에 들었다가 매일 아
침 공허한 하루를 맞이하는 그런 삶.

제4장

매주 목요일 저녁이면 라캥 가족은 손님들을 초대했다. 그날
이면 식당에 커다란 램프를 밝혔으며 차를 타기 위해 난로에
물 끓이는 주전자를 올려놓았다.

그날은 아주 대단한 날이 되어 다른 날들과 뚜렷이 구별이
되었다. 그들은 너무 즐겁게 저녁을 보내고 11시가 되어서야
잠자리에 들었다.

라캥 부인은 얼마 전 파리에서 옛 친구를 만났다. 옛 경찰서
장인 미쇼 씨로서 20년 동안 베르농에서 근무했었고, 라캥 부
인과 한집에서 살았었다. 그는 이제 파리의 센 가에서 1,500프
랑의 연금에 의지해 살고 있었다. 둘은 비 오는 어느 날 퐁-뇌
프 소로에서 우연히 만나게 되었고, 이후 그가 매주 목요일마

다 그녀의 집으로 오게 된 것이다.

얼마 지나지 않아 그는 자기 아들 올리비에도 함께 데리고 왔다. 그는 키가 큰 30세의 젊은이로서, 병적이고 느려터진 여자와 결혼한 상태였다. 그는 파리의 경찰청에 근무하면서 연봉 3,000프랑을 받고 있었고 카미유는 그것을 몹시 심하게 질투했다. 테레즈는 그를 본 첫날부터 뻣뻣한 데다 냉랭한 그 젊은이를 싫어했다. 하지만 올리비에는 자신과 자신의 아내가 이 가게에 드나들면서 이곳을 명예롭게 해준다고 믿고 있었다.

카미유는 또 다른 손님을 한 명 끌어들였는데 그는 오를레앙 철도국의 늙은 직원이었다. 그리베라는 이름의 그 노인은 20년 동안 철도국에 봉직해 온 일등 서기로서 1년에 2,100프랑의 연봉을 받고 있었다. 바로 그가 카미유의 사무실 직속상관이며 책임자였다. 카미유는 그를 존경했다. 그는 라캥 부인으로부터 환대를 받았고 거의 매주 빠지지 않고 꼬박꼬박 모임에 참석했다. 카미유는 10년쯤 후면 그리베가 죽을 것이고 그렇게 되면 자기가 그 자리를 이어받게 되리라는 꿈을 꾸고 있었다.

그렇게 사람들이 여럿 모이다보니 그 모임은 대단히 활기를 띠었고, 모인 사람들은 아주 재미있어 했다. 7시경이면 라캥 부인은 테이블 한가운데 램프 불을 밝히고 한쪽에 도미노 놀이

제4장

27

기구를 늘어놓은 다음, 찻잔을 닦았다. 8시 정각이 되면 미쇼와 그리베가 상점 앞에서 만나서 함께 들어온다. 그러면 온 식구가 2층으로 올라가 식탁 주변에 앉는다. 얼마간 기다리면 늘 늦게 올리비에 미쇼와 그의 부인이 나타난다.

모두 모이면 라캥 부인은 차를 따르고 카미유는 도미노를 꺼내 놓는다. 그리고 모두 게임에 열중한다. 모두들 즐거운 얼굴이다.

하지만 테레즈에게는 매주 목요일 저녁이 고역이었다. 그녀가 열심히 게임을 하지 않자 카미유는 화를 냈다. 그러면 그녀는 골치가 아프다며 슬쩍 게임에서 빠졌다. 그녀는 식탁에 팔꿈치를 괴고 손으로 얼굴을 받친 채 손님들을 바라보곤 했다.

늙은 미쇼는 푸르스름한 얼굴에 붉은 반점들이 여기저기 나 있고, 다시 어린아이처럼 되어버린 죽음을 앞둔 노인네 모습을 하고 있다. 그리베는 면상이 좁은 데다 눈은 동그랗고 입술은 백지처럼 얇았다. 광대뼈가 불거져 나온 올리비에는 우스꽝스러운 몸뚱이 위에 뻣뻣하고 볼품없는 머리를 올려놓은 꼴이었다. 올리비에의 부인 쉬잔은 안색이 매우 창백한 데다, 눈은 희멀겋고 입술은 희었으며 얼굴은 흐리멍덩했다.

테레즈는 자신을 가두고 있는 이 사람들, 이 기괴하고 음산한 무리 중에 살아 있는 것 같은 사람은 하나도 발견할 수 없었다. 가끔 그녀는 실을 잡아당기면 머리와 팔다리가 움직이는, 기계장치가 된 송장들과 함께 있다는 기분을 느끼곤 했다. 식당의 묵직한 공기가 그녀를 숨 막히게 했다. 몸을 떨리게 만드는 침묵, 노란 램프 불빛에 그녀는 막연한 공포를 느꼈고 뭐라 표현하기 어려운 고통에 사로잡혔다.

그때 구원의 벨소리가 울렸다. 손님이 왔다는 신호였다. 그러면 그녀는 재빨리 아래로 내려갔다. 그녀는 천천히 고객을 맞이하고 고객이 간 뒤에도 계산대에 그대로 머물러 있었다.

하지만 그렇게 오래 있을 수 없었다. 아내가 곁에 없는 것을 안 카미유가 "이봐, 빨리 안 올라오고 뭘 해!"라고 계단 난간에 기댄 채 소리를 질렀기 때문이었다.

제5장

어느 목요일이었다. 카미유는 사무실에서 돌아오면서 어깨가 넓고 키가 큰 사내 한 명을 데리고 왔다. 그는 정겨운 몸짓으로 그 사내를 가게 안으로 밀어 넣더니 라캥 부인에게 말했다.

"어머니, 이 친구 알아보시겠어요?"

늙은 수예품 상인은 키 큰 사내를 바라보며 기억을 더듬었지만 전혀 생각이 나지 않았다. 테레즈는 무심한 표정으로 그 장면을 바라보고 있었다.

"아니, 로랑을 못 알아보세요! 죄포스 쪽에 좋은 밀밭을 가지고 있던 로랑 영감님 아들 말이에요! 나랑 학교에 같이 다녔잖아요. 우리 이웃이던 자기 삼촌 집에 살면서 아침이면 날 찾아왔잖아요. 어머니가 재한테 잼 바른 빵 조각을 주었잖아요."

로랑은 자리에 앉더니 조용히 미소를 띤 채, 침착하고 태연하게 주변을 둘러보았다.

카미유가 말을 이었다.

"글쎄, 1년 반 전부터 저랑 같이 오를레앙 철도국에서 일하고 있었는데, 그동안 만나지 못했던 거예요. 오늘 저녁 처음 봤어요. 벌써 1,500프랑을 받고 있어요. 법률도 공부했고 그림도 배웠대요. 그렇지, 로랑? 어때, 오늘 우리 집에서 저녁 함께할래?"

"고맙네."

로랑은 모자를 벗더니 가게 안에 자리를 잡았다. 라캥 부인은 부지런히 냄비 있는 곳으로 갔고 테레즈는 여전히 한 마디 말도 없이 새로 온 손님을 바라보았다. 그녀는 이제까지 사내다운 사내를 본 적이 없었다. 그녀는 키가 큰 데다, 건장하고 시원하게 생긴 그의 얼굴을 보고 놀랐다. 그녀는 은근히 감탄하며 그의 낮은 이마, 검은 머리카락, 두툼한 뺨, 붉은 입술, 한마디로 혈기가 넘치는 반반한 얼굴을 바라보았다. 그녀의 시선이 그의 목에서 멈추었다. 그의 목은 굵고 짧았으며 기름지고 강해 보였다. 그녀는 거의 넋이 나간 채, 무릎 위에 가지런히 올려놓은 그의 두툼한 손을 바라보았다. 손가락은 가지런했다. 주먹을 쥐면 정말로 거대해서 황소라도 때려잡을 수 있으리라. 그가 입고 있는 옷이 감추고 있는 그의 몸은 근육이 잘 발달해 있으며 굳셀 것이라는 느낌을 주었다.

그 순간 카미유가 갑자기 로랑에게 물었다.

"자네, 내 집사람 알지? 베르농에서 우리랑 함께 놀던 내 사촌 생각나?"

로랑은 테레즈를 정면으로 바라보며 말했다.

"부인, 저는 벌써 똑똑히 알아보았습니다."

가슴을 뚫고 들어오는 것 같은 그의 똑바른 시선을 받고 테레즈는 뭔가 어색함을 느꼈다.

모두 식탁에 앉았다. 수프가 들어올 때부터 카미유는 자기 친구 이야기에만 집중했다. 그가 말했다.

"자네 아버지 안녕하신가?"

"모르겠어. 싸웠거든. 5년 전부터 편지도 주고받지 않는다네. 그 양반 생각이 나하고 달랐어. 그 양반, 이웃하고 늘 분쟁이 있었잖아. 그래서 나를 변호사로 만드실 생각이었나봐. 소송에서 이기기 위해서지."

"그럼 자네는 변호사가 되고 싶지 않았단 말인가?"

그러자 로랑이 웃으며 대답했다.

"절대로 아니지. 처음 두 해 동안은 법률 공부를 하는 척했지. 아버지가 보내주는 1,200프랑의 학비를 받으려면 할 수 없었어. 나는 화가인 친구와 한방에서 지냈는데, 그때 나도 그림을 배우기 시작했다네. 정말 재미있었지."

라캥 가족은 모두 눈을 휘둥그레 떴다.

"하지만 곧 그만둘 수밖에 없었어. 내가 거짓말한다는 걸 아버지가 알게 된 거야. 아버지는 매달 100프랑씩 보내던 걸 싹 끊고, 집으로 내려와 땅이나 파라고 하셨어. 목구멍이 포도청이니 할 수 없었지. 그래서 미술 공부는 집어 치우고 일자리를 구한 거라네. 아버지는 곧 돌아가실 거야. 난 그날을 기다리고 있다네. 아무 일도 안 하고 먹고살 수 있을 테니 말일세."

로랑은 매우 조용한 목소리로 말을 했다. 그는 단지 몇 마디 말로 자기가 어떤 사람인지를 완벽하게 보여주었다. 실제로 그는 게으름뱅이였으며, 쉽고 오래가는 즐거움을 누리기를 아주 확실하게 그리고 열렬히 원하고 있었다.

변호사 직업은 생각만 해도 겁이 났고 땅을 파며 산다는 것은 몸서리가 쳐졌다. 그가 화가가 되려고 했던 것은 그의 적성에 맞는 게으른 직업이라고 생각했기 때문이었고, 쉽사리 성공할 수도 있다고 보았기 때문이었다. 그는 별로 돈 들이지 않고 누릴 수 있는 환락에 싸인 생활, 여자들에 둘러싸인 생활, 안락의자에 앉아 편히 쉴 수 있는 생활, 먹을 것과 마실 것이 충분히 있는 생활을 원했다.

그의 꿈은 아버지가 돈을 보내주는 동안에는 실현될 수 있었다. 하지만 아버지가 돈을 끊어버리자 비참한 생활이 그의 눈앞에 그려졌다. 게다가 그는 벌써 서른이었다. 미술이 절대로 자신의 식욕을 충족시켜주지 못하리라는 것을 알게 된 바로 그날 그는 미술을 때려치웠다. 그에게는 예술가로서의 허영심이 없었기에 화필을 던져버렸을 때도 별로 절망하지 않았다.

그는 철도회사 직원 일을 그런대로 즐겁게 해냈다. 단지 딱 두 가지가 문제였다. 그중 하나는 여자가 부족하다는 것이었고, 다른 하나는 싸구려 식당의 음식이 그의 위장을 만족시켜주지 못한다는 점이었다.

카미유는 바보처럼 놀란 눈을 하고 친구의 말을 듣고 있었다. 쇠약한 몸을 지닌 이 무기력한 젊은이는 이제까지 그 어떤 욕망이 제 안에서 들끓는 것을 느껴본 적이 없었다. 그는 친구가 들려준 아틀리에 생활을 그저 꿈꾸는 듯 듣고 있었다. 그는 벌거벗은 채 친구 앞에 모델로 서 있는 여자들 생각을 하고는 로랑에게 물었다.

"그럼, 자네 앞에서 옷을 벗은 여자들도 있었나?"

"물론이지." 로랑은 웃으며 대답했다. 테레즈의 얼굴이 새빨개졌다.

그러자 카미유가 마치 어린아이 같은 미소를 띠며 물었다.

"기분이 이상했겠네. 나라면 거북했을 거야. 처음에는 자네도 어색했겠지?"

로랑은 그의 큰 손을 펴더니 주의 깊게 손바닥을 바라보며 말했다. 손가락이 가볍게 떨리고 있었고 뺨이 붉게 달아올랐다.

그는 마치 혼잣말을 하듯 중얼거렸다.

"처음에? 그냥 자연스럽게 여겨졌어. 그놈의 예술이란 놈, 참 재미있어. 딱 한 가지 문제가 있다면 단 한 푼도 돈을 벌어들이지 못한다는 거야. 내 모델은 멋진 러시아 여자였지. 살결도 탄탄했고 윤기가 있었어. 가슴도 멋지고 엉덩이도 아주 컸어."

로랑은 고개를 들더니, 말없이 꼼짝 않고 자기 앞에 앉아 있는 테레즈를 바라보았다. 젊은 여인은 그를 똑바로 바라보고 있었다. 엷은 검정색의 두 눈은 끝도 없이 깊이 파인 두 개의 구멍 같았고, 약간 벌리고 있는 입술을 통해 밝은 장밋빛을 띤 입 안이 보였다. 그녀는 마치 그 무엇엔가 짓눌려 있는 것 같았고, 자기 자신에게 몰입해 있는 것 같았다.

로랑의 시선이 테레즈에게서 카미유에게로 옮아갔다. 옛 화가는 입가에 미소를 띠었다. 그는 육감적인 큰 몸짓과 함께 말을 끝냈다. 젊은 여인은 눈으로 그의 몸짓을 좇고 있었다.

디저트가 나왔다. 이윽고 냅킨을 치우자 얼마간 생각에 잠겨 있던 로랑이 카미유에게 말했다.

"저기, 내가 자네 초상화를 하나 그려줘야겠네."

그 말에 라캥 부인과 그의 아들은 너무 기뻐했다. 테레즈는 여전히 아무 말이 없었다.

로랑이 계속 말했다.

"우리 회사는 4시가 퇴근 시간이지? 매일 저녁 두 시간씩 와서 그리면 1주일 정도면 완성할 수 있을 거야."

시계가 8시를 알렸다. 그리베와 미쇼 씨가 왔고 올리비에와 쉬잔이 그들을 뒤따라 들어왔다. 카미유는 자기 친구를 일행들에게 소개했다.

로랑은 마치 착한 어린아이처럼 굴었다. 그는 여러 가지 이야기를 했고 좌중을 즐겁게 해주었다. 그래서 까다로운 그리베까지도 그에게 호감을 갖게 되었다.

그날 저녁 테레즈는 굳이 아래층 가게로 내려가려 하지 않았다. 그녀는 11시까지 도미노 게임을 하고 이야기를 나누며 의자에 앉아 있었다. 그녀는 애써 로랑과 시선이 마주치는 것을 피했고, 로랑은 로랑대로 그녀에게 눈길조차 주지 않았다.

　그의 다혈질적인 체질, 그의 힘 있는 목소리, 그의 끈적끈적한 웃음, 그에게서 뿜어 나오는 자극적이면서 강렬한 체취가 젊은 여인을 뒤흔들었고, 그녀를 일종의 불안감에 젖게 했다.

제6장

　그날 이후 로랑은 매일 라캥 가족의 집으로 왔다. 그는 생 빅토르가(街)에 있는 호텔의 아주 작은 다락방에 한 달 18프랑에 세 들어 살고 있었다. 꼭대기에 담뱃갑 모양의 창이 하나 나 있는 그 방은 기껏해야 6평방미터도 채 되지 않았다. 로랑은 가능한 한 늦게 이 다락방으로 돌아왔다.

　이제 퐁-뇌프 소로의 가게는 그에게 매력적이고 따뜻한 곳이 되었고, 정겨운 이야기가 오가는 은거지가 되었다. 그는 그곳에 10시까지 머물면서 마치 자기 집에라도 있는 듯 식사를 하고 먹은 음식을 느긋하게 소화시켰다. 그는 카미유가 가게 문 닫는 것을 도와준 후에야 자기 집으로 돌아갔다.

　어느 날 저녁 그는 화구와 팔레트를 가져왔다. 다음 날부터 카미유의 초상화를 그려줄 작정이었다. 화폭을 사고 자질구레한 것들을 모두 준비했다. 이윽고 화가는 바로 그 부부의 방에서 작품에 착수했다. 그는 그곳이 낮에 제일 밝다고 말했다.

머리를 데생하는 데 사흘이 걸렸다. 나흘째 되던 날 그는 팔레트를 펼쳐 놓고 색을 칠하기 시작했다. 로랑은 괜찮은 작품이 되려면 참을성 있게 기다려야 한다고 말했다.

초상화 그리기가 시작된 이후 테레즈는 아틀리에가 되어버린 자신의 방을 떠나지 않았다. 그녀는 시어머니 홀로 계산대 뒤에 남겨 둔 채 내내 그 방에 있었다. 어떤 핑계를 대서라도 위로 올라와서는 로랑이 그림 그리는 모습을 정신없이 지켜보았다. 무슨 알지 못할 힘이 그녀를 이끄는 것 같았다.

로랑은 이따금 고개를 돌리고 그녀에게 미소를 지었으며 그림이 마음에 드는가 물어보았다. 그녀는 몸을 약간 떨면서 겨우 대답을 했으며 그런 후 다시 조용히 그 무엇엔가 취한 듯 있었다.

밤에 생빅토르가를 걸으면서 로랑은 오랫동안 생각에 잠기곤 했다. 그는 자신이 테레즈의 정부가 될 것인지 말 것인지 스스로에게 물어보고 대답하곤 했다. 그는 생각했다.

'자, 내가 원하기만 하면 그 여자는 내 정부가 될 수 있어. 언제나 내 뒤에서 나를 바라보고 있단 말이야. 그녀는 분명히 애인을 필요로 하고 있어. 그 눈을 보면 알아. 카미유는 정말로 불쌍한 녀석이지.'

로랑은 자기 친구의 여위고 생기 없는 모습을 생각하며 속으로 웃었다.

'그녀는 그 가게 생활이 따분한 거야. 나야, 갈 곳이 없으니 거기로 가는 거지. 그렇지 않다면 그렇게 축축하고 을씨년스러운 퐁-뇌프 길로 내가 갈 이유가 있나. 그녀는 거기서 죽을 지경일 거야. 내가 그녀 마음에 든 게 틀림없어.'

그는 멈춰 섰다. 그리고 약간 거만한 생각에 잠겼다. 그는 흐르는 센 강물을 멍청하게 바라보며 생각했다.

'제길, 기회만 오면 그냥 껴안아버릴 거야. 틀림없이 내 품으로 뛰어들 거라고.'

그는 다시 걷기 시작했다. 아직 마음속 결단을 내리지 못하고 있었다.

'그런데 참 못생겼단 말이야. 코는 길쭉하고 입은 너무 커. 게다가 나는 그녀를 조금도 사랑하지 않아. 공연히 추문만 일으키게 될지도 몰라. 좀 생각해봐야겠어.'

신중한 로랑은 머릿속으로 그 생각을 굴리며 꼬박 1주일을 보냈다. 그는 테레즈와 애인이 되었을 때 생길 수 있는 모든 일들을 계산해보았다. 그리고 그녀를 건드려도 돈 한 푼 들지 않으리라는 계산이 섰다. 그 생각에 그는 친구의 아내를 빼앗기로 결심했다. 돈이 없어서 육체적 욕망을 참고 살아온 그였기에 내린 당연한 결론이었다. 게다가 그 결과가 별로 나쁠 것 같지도 않았다. 테레즈는 모든 것을 감추려들 것이고, 때가 되어 싫증나면 걷어차버리면 그만 아닌가? 행여 카미유가 알고 귀찮게 굴더라도 한 주먹 날려버리면 그만일 것이다. 이모저모 생각해보아도 한번 시도해볼 만한 일이라고 그는 결론 맺었다.

그때부터 그는 달콤한 생각에 젖어 기회를 노렸다. 그는 미래에 다가올 달콤한 저녁을 마음속으로 그렸다.

드디어 그림이 완성되었다. 테레즈는 여전히 그 방에 있었다. 하지만 카미유도 결코 그 방을 떠나지 않았다. 단 한 시간도 그를 떼어놓지 못해 로랑은 실망하고 있었다. 그는 마지못해 다음 날이면 그림이 완성될 것이라고 선언할 수밖에 없었다. 라캥 부인은 함께 저녁을 들면서 그림이 완성된 것을 축하하자고 말했다.

다음 날 로랑이 화폭에 마지막 손질을 하고 나자, 라캥 가족 모두 실물과 너무 닮았다고 감탄했다. 하지만 초상화는 화사하

제6장

41

다기보다는 침침하고 흉했다. 카미유의 얼굴은 흡사 물에 빠져 죽은 사람의 얼굴 같았다. 하지만 카미유는 기뻐했다. 그는 초상화에 품위가 있다고 말했다.

그는 자기 얼굴이 멋지다고 칭찬을 한 후, 샴페인 두 병을 사러 갔다 오겠다고 말했다. 라캥 부인은 다시 가게로 내려갔다. 예술가는 테레즈와 단둘이 남게 되었다.

그들은 잠시 서로를 바라보았다. 그런데 로랑이 갑자기 몸을 낮추더니 난폭하게 여인을 가슴에 껴안았다. 그는 여인의 고개를 젖히더니 그녀의 입술을 자기 입술로 으스러지도록 눌렀다. 그녀는 화를 내며 거칠게 반항했다. 그러더니 그녀는 갑자기 저항을 멈추고 바닥에 미끄러지듯 쓰러졌다. 그들은 단 한 마디도 나누지 않았다. 말 없는 가운데 행해진 노골적이고 거친 행동이었다.

제7장

시작부터 두 연인은 그들의 관계가 필연적이고 숙명적이며 자연스럽다는 것을 알았다. 처음 접촉할 때부터 그들은 몇 년 동안 친하게 지냈던 것처럼 아무런 거리낌도 없이, 아무런 부끄러움도 없이 서로 반말을 했으며 서로 포옹을 했다. 그들은 이러한 새로운 상황 속에서 차분하게, 그리고 완벽히 뻔뻔스럽게 쉽사리 지낼 수 있었다.

그들은 그들의 밀회 시간과 장소를 정했다. 테레즈가 밖으로 나갈 수 없었으므로 로랑이 이곳으로 와야만 했다. 젊은 부인은 자신이 생각해낸 방법을 로랑에게 설명했다. 둘은 남편의 방에서 낮에 만난다. 로랑은 퐁-뇌프 소로와 연결되어 있는 샛길을 통해 집으로 들어온다. 그 샛길은 부부 침실 옆에 있는 계

단과 통한다. 테레즈가 계단 옆의 문을 열어줄 것이다. 그 시간
이면 카미유는 사무실에 있을 것이고 라캥 부인은 아래층 가게
에 있을 것이다. 그렇게 하면 그들의 대담한 행동은 성공할 수
있을 것이다.

로랑은 그녀의 계획을 받아들였다. 그는 신중한 사람이었지
만 일종의 동물적 무모함, 주먹이 큰 사람이 지닐 수 있는 그
런 무모함이 그에게 있었다. 그는 핑곗거리를 만들어 두 시간
의 외출 허가를 상사로부터 받고 퐁-뇌프 소로로 달려왔다. 그
는 그 길에 들어서자마자 욕정이 끓어오르는 것을 느꼈다. 그
는 수예품 가게 정면에 있는 모조 보석 파는 여자가 손님을 맞
이하고 있을 때를 틈타 재빨리 샛길로 들어섰다. 그리고 어두
컴컴하고 좁은 계단을 올라갔다. 그러면 문이 열렸다. 하얀색으
로 밝게 빛나고 있는 방 입구에 테레즈가 있었다. 그녀는 속치
마 바람으로 머리카락을 뒤로 묶은 채, 거기 눈부신 모습으로
서 있었다. 그녀는 문을 닫은 뒤, 그의 목에 매달렸다. 그녀에게
서는 포근한 냄새, 깨끗이 닦은 몸에서 나는 신선한 향기가 풍
겼다.

로랑은 놀랐다. 그녀가 너무 아름다웠기 때문이었다. 그는
그런 여자를 본 적이 없었다. 그녀의 얼굴에는 뜨거운 빛과 정

열적인 미소가 흐르고 있었다. 마치 그녀의 얼굴 자체가 변한 것 같았다. 입술은 축축했고 눈은 빛나고 있었으며 온몸에서 광채가 흐르는 것 같았다. 몸을 비틀며 마치 물결처럼 출렁이는 젊은 여인은 도취경에 빠져 신비스러운 아름다움을 발하고 있었다.

이제까지 단 한 번도 욕망을 충족하지 못했던 그녀의 육체는 미친 듯 환락 속으로 뛰어들었다. 그녀는 마치 꿈에서 깨어난 것 같았다. 그녀는 카미유의 나약한 팔로부터 로랑의 정력적인 팔로 옮겨간 것이며, 그로 인해 잠자고 있던 그녀의 육체는 깨어났고, 갑작스러운 충격을 받았다. 여자로서의 모든 본능이 단번에 격렬하게 폭발한 것이다. 그녀의 머리부터 발끝까지 전율이 일었다. 로랑은 이제까지 이런 여자를 만난 적이 없었다. 아무도 자신을 이렇듯 정열적으로 대해준 여자는 없었다. 그는 그 정열에 굴복했다.

그날부터 비로소 테레즈는 이제까지 꽁꽁 닫아놓았던 자기 자신의 삶 속으로 들어갔다. 밀회는 계속되었고 점점 그 횟수가 늘어났다. 테레즈는 자신의 정열이 이끄는 대로 곧바로 주저하지 않고 몰입했다.

그녀는 가끔 두 팔로 로랑의 목을 껴안고 그의 가슴에 얼굴

제7장

45

을 비비며 여전히 숨 가빠 하며 말하곤 했다.

"내가 그동안 얼마나 힘들었는지 당신이 안다면! 나는 축축한 환자의 방 안에서 자랐어요. 카미유와 함께 잠을 잔 거야. 밤이면 그의 몸에서 나는 냄새 때문에 구역질이 나서 멀리 떨어지곤 했어요. 그는 심술궂고 고집쟁이야. 내가 같이 먹지 않으면 자기 약도 먹으려 들지 않았어. 고모 마음에 들려고 내가 약을 다 먹여야만 했고……. 내가 어떻게 죽지 않고 살 수 있었는지 모르겠어. 그들은 나를 추하게 만들었고 내가 가진 모든 것을 빼앗았어. 아아, 당신은 내가 당신을 사랑하는 만큼 나를 사랑할 수 없을 거야."

그녀는 울면서 로랑에게 입을 맞추었다. 그러고는 증오심이 묻어나는 어조로 말을 이었다.

"나는 그들에게 해를 끼치고 싶지는 않아요. 그들이 나를 키웠고 보살펴주었으며 나를 보호해주었으니까. 하지만 나는 그들이 내게 친절하게 대하기보다는 아예 내버려두기를 바랐어. 아, 카미유가 헐떡거리고 있는 방에서 보낸 날들을 생각하면 아직도 혐오감과 반항심이 생길 정도야! 오, 가엾은 내 청춘! 뒤에 센 강가에 작은 집에 살게 되었을 때 내가 얼마나 기뻤는지 몰라요. 그런데 다시 이런 더러운 가게에 처박히게 된 거야.

난 도망가고 싶었어. 하지만 용기가 없어서 그러지도 못했어. 나는 그저 조용히, 무언가 두드리고 물어뜯고 싶은 욕망을 감춘 채 얌전히 있었던 거야. 그들은 나를 위선자, 거짓말쟁이로 만든 거야."

그녀는 로랑의 목에 입을 맞춘 후 다시 말했다.

"내가 왜 카미유와의 결혼을 받아들였는지 지금도 잘 모르겠어요. 그냥 카미유가 불쌍해서 그런 것 같아. 혹은 그냥 시어머니가 시켰기 때문인지도 몰라. 카미유와 나 사이에 무슨 문제를 만들고 싶지 않아서였겠지. 그와 결혼하고 한 침대에 눕자, 이전에 어릴 때 그의 곁에서 맡았던 그 역겨운 냄새를 여전히 맡을 수 있었어요. 그에게서는 여전히 병든 아이에게서 나는 역겨운 냄새가 난다니까…… 내가 그와 함께 잔다고 당신이 질투할까봐 이런 이야기를 해주는 거예요."

테레즈는 몸을 일으키고 그의 넓은 어깨와 건장한 목을 바라보았다. 그리고 말을 계속했다.

"난 당신을 사랑해요. 카미유가 당신을 가게로 데려오던 그 첫날부터 당신을 사랑했어. 아, 당신은 나를 좋아하지 않을 거야. 내가 그렇게 쉽게 당신에게 몸을 던졌으니…… 정말이지, 어떻게 그런 일이 있을 수 있었는지 나도 잘 모르겠어."

제7장

47

그녀는 무엇에라도 취한 듯 로랑을 가슴으로 끌어당겼다. 이어서 이 헐벗고 싸늘한 방 속에서 격렬한 정열, 불길할 정도로 노골적인 사랑의 장면이 펼쳐졌다. 젊은 여인은 대담한 짓을 즐기는 것만 같았다. 그녀는 주저하지도 않았고 겁을 내지도 않았으며 그냥 솔직하게 간음에 뛰어들었으며, 모험을 감수했고, 그러면서 오히려 허영심을 채우는 것 같았다.

정부가 올 시간이 되면 테레즈는 올라가서 쉬겠다고 미리 시어머니에게 말해놓곤 했다. 그리고 정부가 나타나면 소리를 죽이려는 조심도 하지 않고 거리낌 없이 행동하곤 했다. 그 때문에 가끔 로랑이 겁을 먹기도 했다. 그가 낮은 목소리로 말했다.

"그렇게 소리 지르지 마. 라캥 부인이 올라오겠어."

그러면 그녀가 웃으며 말했다.

"원, 뭘 그렇게 매번 겁을 내는 거야? 그녀는 계산대 뒤에 처박혀 있어요. 뭣 하러 여기 올라오겠어? 누가 물건이라도 훔쳐 갈까봐 걱정이 태산인데……."

그래도 로랑은 안심이 되지 않았다. 그리고 어느 날 그의 걱정은 현실이 되었다.

어느 날이었다. 라캥 부인은 며느리가 위로 올라가서 너무 오래 내려오지 않자, 혹시 몸이라도 불편해서 그러는 건 아닌가 걱정이 되었다. 그녀가 위로 올라온 지 세 시간이나 지났던 것이다.

라캥 부인이 나무 계단을 올라오는 소리가 들리자 로랑은 허둥지둥 조끼와 모자를 찾았다. 그러자 테레즈는 그가 허둥대는 꼴을 보고 웃더니 그의 팔을 잡고 그를 침대 다리 밑에 숨겼다. 그리고 그에게 낮은 목소리로 차분하게 말했다.

"자, 거기 꼼짝 말고 있어요."

그는 바닥에 뒹굴고 있던 사내 옷을 그에게 뒤집어씌운 후, 그 옷 위에 자신의 하얀 치마를 덮었다. 전혀 당황하는 기색 없이 빠르고 정확한 동작이었다. 그러고는 거의 벌거벗은 채 머리를 흩뜨린 후 침대에 누웠다.

방으로 들어온 부인이 발소리를 죽여 침대 가까이 가더니 며느리에게 물었다.

"아가야, 어디 아프니?"

테레즈는 하품을 하고 돌아누우며 머리가 아프다고 대답했다. 그러고는 조용히 잠을 자게 내버려달라고 애원했다. 부인은 올 때처럼 소리 없이 방에서 나갔다.

그러자 두 연인은 소리 없이 웃으며 다시 정열적으로 포옹했다.

그러던 어느 날이었다. 그녀는 이상한 생각을 해냈다. 얼룩

무늬 고양이 프랑수아가 방 한복판에 쭈그리고 앉아 있었다. 그는 마치 두 연인을 바라보며 심각한 생각에 잠겨 있는 것 같았고 그들을 유심히 살펴보는 것 같기도 했다. 그 모습을 보고 테레즈가 로랑에게 말했다.

"프랑수아 좀 봐요. 오늘 카미유에게 고자질을 할 것 같아. 저놈이 가게에서 우리들을 가리키며 사람들에게 말할 거예요. '저 두 사람이 방에서 꼭 껴안았어요. 저 사람들 꼴 보기 싫어 잠을 잘 수가 없어요. 저들을 잡아가세요'라고."

로랑은 고양이의 커다란 푸른 눈을 바라보았다. 그러자 뼈까지 오싹해지는 것 같았다. 그는 일어나더니 고양이를 문밖으로 내보냈다. 그는 실제로 약간 겁에 질려 있었다.

제8장

저녁에 그 가게에서 로랑은 완벽하게 행복했다. 보통 그는 카미유와 함께 사무실에서 직접 가게로 왔다. 라캥 부인은 마치 자기 자식을 대하듯이 그를 맞았다. 부인은 그가 먹는 것도 시원찮고 잠도 다락방에서 자면서 옹색하게 지내고 있다는 것을 알고 있었다. 그녀는 그에게 언제고 식탁에 그의 자리가 마련되어 있다고 말했다.

가족들과 스스럼없이 지내게 된 로랑은 테레즈가 함께 있어도 조금도 거북해하지 않았다. 그는 그녀에게 자연스럽고 다정하게 대했으며 농담도 했고 얼굴 표정 하나 변하지 않은 채 은근한 정담을 던지기도 했다. 그 모습을 보고 카미유는 웃었으며, 아내가 로랑에게 한두 마디 간단한 대답만 하는 걸 보고는 둘이 서로 미워하고 있다고 철석같이 믿었다. 심지어 어느 날은 테레즈가 로랑에게 너무 냉정하다고 그녀를 나무라기도 했다.

로랑은 노리던 것을 다 이루었다. 그는 테레즈의 정부가 되었고, 그 남편의 친구가 되었으며, 그 어머니의 귀여운 자식이 되었다. 그는 이렇게 자신의 구미에 딱 맞는 생활을 해본 적이 없었다. 그는 라캥 가족이 자신에게 베풀어주는 끝없는 즐거움을 되새기며 잠자리에 들곤 했다.

그는 다른 사람들이 있을 때면 절대로 테레즈에게 가벼운 입맞춤도 하지 않았다. 카미유와 그의 어머니를 생각해서 조심한 것이 아니었다. 오로지 일이 잘못되어서 이곳에 오지 못하게 될까봐 걱정했을 뿐이었다. 그는 테레즈와 불륜을 맺음으로써 카미유와 그 어머니가 받게 될 고통 따위는 아예 안중에도 없었다. 심지어 그들의 관계가 발각나면 어떻게 될 것인가에 대해서도 전혀 생각하지 않았다. 가난한 데다 굶주린 상황에 처한 사람이라면 누구나 그러리라고 단순하게 생각하고 행동했을 뿐이었다.

그보다 훨씬 신경이 예민하고 겁이 많은 테레즈는 로랑만큼 태연하지 못했다. 그녀는 마치 하나의 배역을 맡아 연기하듯 해야만 했다. 그녀는 자라오면서 배운 위선 덕분에 그 역을 훌륭하게 소화했다. 15년간이나 그녀는 거짓된 삶을 살아왔다. 그녀는 자신 내부의 열정을 억누르며 자신의 의지가 맥없이 잠들어 있는 것처럼 지내왔다. 하지만 겉으로만 그랬을 뿐 그 열정과 의지는 절대로 꺾이지 않고 있었다. 자신의 육신이 느끼는 열정에 죽음의 마스크를 씌우고 얼어붙은 것 같은 표정을 짓는 일은 그녀에게는 아주 쉬운 일이었다.

그런 배역을 충실히 수행하면서 이따금 뜨거운 기쁨이 그녀의 머리끝까지 치솟을 때도 있었다. 그녀는 훌륭한 연기자였지만, 로랑이 그 자리에 없어서 둘의 관계가 들킬 염려가 없을 때면 입에서 저절로 노래가 나오는 것을 참기 어려웠다. 자기 며느리가 너무 무뚝뚝하다고 늘 꾸중을 해 왔던 라캥 부인은 며느리가 갑자기 명랑한 모습을 보이면 매우 기뻐했다. 젊은 부인은 화분을 사서 창가를 장식했다. 방에 벽지를 새 것으로 바꾸었으며 양탄자와 커튼을 갈았고 자단으로 된 가구를 들여놓았다. 모두 로랑을 위한 호사였다.

목요일 저녁이면 희미한 램프 불빛 아래서 정겨운 대화가 오갔다. 디저트를 먹고 나면 그날 있었던 사소한 일들에 대해 잡담을 나누었고 어제 있었던 일을 되새겼으며 내일의 희망에 대해 이야기를 나누었다. 모두들 자리를 뜬 후에도 로랑은 곧바로 가지 않고 라캥 가족과 이야기를 나누었다. 카미유는 로랑을 좋아했다. 로랑도 똑같은 애정을 그에게 주는 것처럼 보였다. 라캥 부인은 평화로운 얼굴 표정으로 조용한 분위기 속에서 젊은이들에게 둘러싸여 평온을 즐기고 있었다. 마음 속속들이 서로를 잘 알고 있는 오래된 친지들, 그들의 애정을 다시 한번 다짐하며 잠자리에 드는 사람들의 모임이라고 할 만했다.

테레즈도 다른 사람들처럼 평온한 얼굴로 꼼짝도 않은 채 이 화기애애한 분위기를 그냥 바라보고만 있었다. 하지만 평온해 보이는 그녀의 표정 뒤에서 그녀는 이 모든 것을 조소하고 있었다. 그녀는 미친 듯 정열을 쏟아냈던 오후의 일을 하나하나 되새기고 떠올리면서 눈앞에 보이는 이 죽어 있는 것 같은 광경과 대비시키고 있었다.

아, 그녀는 정말 감쪽같이 이 선량한 사람들을 속이고 있었던 것이다! 그리고 그렇게 의기양양하게, 경솔하게 그들을 속이면서 행복을 맛보고 있었던 것이다! 그래, 그녀는 바로 코앞에 있는 방에서 남자를 받아들였었다! 그곳에서 간통을 범하며 남자와 뒹굴었다! 그런데 지금 그의 정부는 그녀와 낯모른 사람이 되었고, 남편의 둘도 없는 친구가 되었으며, 자신이 신경을 쓰면 안 되는 그런 사람이 되어 있는 것이다. 이 끔찍한 연기를 하는 동안, 한낮의 그토록 뜨거웠던 입맞춤과 이 저녁의 의도적으로 무관심한 태도를 비교하면서 젊은 여인은 자기 핏속에서 새로운 격정이 솟구치는 것을 느끼곤 했다.

우연히 라캉 부인과 카미유가 아래층으로 내려가고 단둘이 남게 되면 테레즈는 벌떡 일어나 자기 입술로 정부의 입술을 포갰다. 그러고는 숨을 헐떡이며 계단에서 발자국 소리가 날 때까지 숨 가빠하며 정부의 품에 안겨 있었다. 이윽고 그들이 다시 2층으로 올라왔을 때면, 그녀는 어느새 제자리로 가서 다시 얼굴을 찌푸린 채 있었다. 그것은 마치 죽어 있는 하늘에 재빠르게 애욕의 번개가 일었다 사라진 것 같았다.

로랑은 목요일 저녁의 도미노 게임 모임에 단 한 번도 빠지지 않고 참석했다. 자신이 카미유와 둘도 없는 친구라는 것을 모든 사람들에게 확실하게 각인시키기 위해서였다. 그는 참을성 있게 그리베와 늙은 미쇼의 장광설에 귀를 기울였다. 그리고 열심히 도미노 게임을 함께 했다.

목요일 모임이 끝나고 헤어질 때 테레즈는 다음 밀회 날짜와 시간을 정하고는 기회를 봐서 로랑에게 전했다. 그리고 남들이 등을 돌리고 있을 때면 대담하게 로랑에게 키스를 하기도 했다.

약 8개월 동안 이렇게 흥분과 위안이 뒤섞인 생활이 계속되었다. 두 연인은 한없이 행복했다. 테레즈는 더 이상 지루해하지 않았고 더 이상 아무것도 바랄 것이 없었다. 포동포동 살이 오른 로랑에게는 오로지 이런 멋진 생활이 중단되면 어쩌나 하는 걱정밖에 없었다.

제9장

어느 날 오후였다. 로랑은 자기를 기다리고 있는 테레즈 곁으로 달려가려고 사무실을 나서고 있었다. 그때 그의 상관이 그를 부르더니 앞으로는 너무 자주 사무실을 비우지 말라고 통고했다. 그는 너무 자주 자리를 비웠고, 다시 자리를 비우면 해고를 하기로 회사에서 결정을 내렸던 것이다.

의자에 못 박힌 채 그는 저녁때까지 절망에 빠져 있었다. 생활비를 벌어야 했기에 회사를 그만둘 수도 없었다. 저녁에 화가 난 테레즈의 모습을 보는 일은 그에게 큰 고통이었다. 카미유가 가게 문을 닫는 동안 그는 황급히 테레즈 곁으로 가서 낮은 목소리로 말했다.

"우리 이제 만날 수 없어. 과장이 외출을 허락하지 않겠대."

카미유가 들어왔다. 로랑은 더 이상 자세한 설명을 하지 못한 채 테레즈에게 청천벽력 같은 선언을 하고 물러설 수밖에 없었다. 테레즈는 이제 불붙은 욕망을 제어할 수 없었다.

로랑이 테레즈에게 접근할 수 없게 된 지 2주일이 지났다. 그러자 로랑은 그녀가 자신에게 얼마나 필요한 존재인지를 새삼 깨닫게 되었다. 그는 이제까지 단순히 밀회를 즐겼을 뿐이었다. 그러나 그 욕망을 채우지 못하게 된 지금, 그 욕망이 폭발했다. 그는 그녀를 향한 맹렬한 사랑을 느꼈다. 그것은 마치 무의식적인 본능 같은 것이었다. 그는 안절부절못했다. 1년 전쯤 누군가 그에게 여자의 노예가 되어 안절부절못하게 될 것이라고 말했다면 그는 웃음을 터뜨렸을 것이다. 하지만 이제 그의 내부에 들어있던 욕망이 자신도 모르게 폭발하고 말았다. 그는 손발을 꼬면서 테레즈의 짐승 같은 애무에 몸을 맡기게 된 것이다. 마치 사람이 살기 위해서는 먹을 것과 마실 것이 필요하듯이 그는 살기 위해 그녀를 필요로 하게 된 것이다.

그가 테레즈에게 다음 날 그의 집에서 자기를 기다리라는 편지를 보내지 않았다면 그는 무슨 어리석은 짓이라도 저질렀을 것이다. 그녀는 저녁 8시쯤 그의 집으로 오겠다고 약속했다.

사무실을 나오면서 그는 너무 피곤해서 집에 가서 쉬겠다며 카미유를 따돌렸다.

한편 테레즈는 외상값을 갚지 않고 이사 간 사람 이야기를 시어머니와 남편에게 꺼냈다. 그녀는 자기가 이사 간 집으로 직접 찾아가서 돈을 받아 오겠다며, 만약 돈을 갚지 않으면 경찰에 고발하겠다고 강경하게 말했다. 그 여자 고객은 바티뇰에 살고 있었다. 라캥 부인과 카미유는 그곳은 너무 멀고 가봤자 소용없다고 생각하고 있었다. 하지만 그들은 별로 놀라지 않고 테레즈가 집을 나서게 해주었다.

테레즈는 포르토뱅을 향해 거의 달리다시피 했다. 그는 가구가 갖추어진 호텔 층계를 급히 올라갔다. 숨을 헐떡이며 7층에 이르자 그녀는 멍한 눈으로 로랑을 바라보았다. 그는 난간에 기대어 그녀를 기다리고 있었다.

그녀는 다락방으로 들어갔다. 그녀는 한 손으로 모자를 벗고 기진한 채 침대에 기댔다.

활짝 열린 담배 상자 모양의 창으로 들어온 시원한 저녁 바람이 불타는 침대를 식혀주었다. 두 연인은 마치 구멍 속에 처박힌 것처럼 그 누추한 방에 오래 누워 있었다. 갑자기 테레즈의 귀에 거리의 시계가 10시를 알리는 소리가 들렸다. 그녀는 모자를 찾고 리본을 맨 다음 침대에 앉으며 낮은 목소리로 천

제9장

천히 말했다.

"가야겠어요."

로랑은 그녀 앞에 무릎을 꿇었다. 그가 그녀의 손을 잡았다. 그녀가 꼼짝 않고 말했다.

"또 봐요."

"또 보자고? 그건 너무 막연해. 언제 다시 올 거야?"

"솔직히 말할까요? 그래, 다시는 못 올 거야. 이제 변명거리도 없어. 더 이상 지어낼 게 없어."

"그렇다면 영영 작별 인사를 해야겠네."

"싫어! 그건 안 돼!"

로랑은 생각에 잠겼다. 그는 카미유를 생각하고 있었다.

그는 특별히 이름을 거론하지 않고 말했다.

"나는 그를 원망하지 않아. 하지만 그는 정말 너무 거추장스러워. 그를 우리에게서 치워버릴 수 없을까? 어디 아주 멀리 여행을 보낼 수 없을까?"

그러자 그녀가 고개를 흔들며 말했다.

"그를 여행을 보내요? 그런 사람이 여행을 하려 들 것 같아? 돌아올 수 없는 여행은 단 하나뿐이야⋯⋯. 하지만 그 전에 우리가 땅에 묻힐걸. 겨우 숨이나 쉴 수 있는 사람은 쉽사리 죽는

법이 아니거든요."

잠시 침묵이 흘렀다. 로랑은 무릎으로 걸어와 그녀를 품에 안더니 그녀의 가슴에 머리를 묻었다.

그가 말했다.

"난 꿈을 꿨어. 당신과 하룻밤을 보내고 당신의 품에서 자는 꿈. 다음 날 아침 당신의 입맞춤을 받으며 깨어나는 꿈. 아아, 난 당신의 남편이 되고 싶어. 당신, 이해하겠어?"

"그래요, 알아요. 알 수 있어요." 테레즈가 떨리는 목소리로 대답했다.

그녀는 갑자기 로랑의 얼굴로 몸을 기울이더니 키스를 퍼부었다. 자기가 옷을 입고 있으며, 그 옷이 꾸겨진다는 생각도 하지 않았다. 그녀는 눈물범벅이 된 채 숨 가쁘게 말했다.

"아아, 그런 말 말아요. 당신 곁을 떠날 힘이 내게 없어지잖아……. 차라리, 차라리, 내게 용기를 줘. 우리가 다시 만날 수 있다고 말해줘. 당신에게는 내가 필요하고, 그러면 언젠가 우리가 함께 살 수 있게 될 거 아니야?"

로랑이 떨리는 손으로 그녀의 허리를 잡으며 대답했다.

"그렇다면, 내일, 내일 다시 와."

"하지만, 올 수 없어요……. 더 이상 핑곗거리가 없다고 말했

제9장

61

잖아. 그렇지만 나는 스캔들은 무섭지 않아. 당신이 원한다면 카미유에게 당신이 내 애인이라고 말할 수 있어. 그리고 다시 여기 올 수 있어. 내가 떨고 있는 건 당신 때문이야. 당신을 힘들게 하고 싶지 않아. 당신을 행복하게 만들고 싶어요."

그녀의 말에 그의 본능적 신중함이 다시 고개를 들었다.

"그래, 어린애처럼 굴면 안 돼. 아! 당신 남편이 죽을 수만 있다면!"

그러자 테레즈가 천천히 반복해 말했다.

"그래, 내 남편이 죽기만 한다면……. 그러면 우리는 결혼할 수 있을 거야. 더 이상 아무것도 겁낼 게 없을 거야. 우리는 얼마든지 우리들의 사랑을 즐길 수 있을 거고……. 얼마나 행복하고 얼마나 달콤할까!"

그녀는 다시 몸을 일으킨 후 중얼거리듯이 말했다. 두 볼이 창백했고 어두운 눈길을 하고 있었다.

"사람들이 가끔 죽을 수도 있지요. 다만, 살아남은 사람들이 위험해진다는 게……."

로랑은 아무 말도 하지 않았다. 그러자 그녀가 말을 이었다.

"그래요, 누구나 알고 있는 방법은 모두 좋지 않아요."

마침내 그가 평온한 목소리로 말했다.

테레즈 라캥

62

"당신, 내 말을 잘못 알아들은 거야. 나는 바보가 아니야. 난 당신을 조용히 사랑하고 싶어. 나는 매일 사고가 일어날 수도 있다는 이야기를 한 거야. 발이 미끄러질 수도 있고, 기와가 떨어질 수도 있고……. 알겠어? 그러면 바람에게만 죄가 있을 뿐이지."

그의 목소리가 이상했다. 그는 미소를 지으며 달래듯이 말했다.

"자, 이제 가봐요. 안심해도 돼. 우리는 서로 사랑하면서 행복하게 살게 될 거야……. 당신이 올 수 없으니, 내가 다 알아서 할게……. 우리가 몇 달 동안 못 보게 되더라도 나를 잊지 마. 당신은 내 거야, 그렇지?"

그녀가 소리쳤다.

"그래요! 난 당신 거예요! 당신 마음대로 해도 돼요!"

그녀는 갑자기 몸을 빼더니 다락방을 나갔다. 로랑은 그녀의 멀어져가는 발소리를 듣고 있었다.

아무 소리도 들리지 않게 되자 로랑은 다시 침대에 가서 누웠다.

날이 밝을 때까지 그의 머릿속은 같은 생각이 맴돌고 있었다. 테레즈가 이곳에 오기 전까지 그는 카미유를 죽인다는 생각은 조금도 하지 않았었다. 다만 다시는 연인을 볼 수 없으리라는 안타까움에 '그가 죽었으면'이라고 말했을 뿐이었다. 그런데 그 말과 함께 스스로도 의식하지 못하고 있던 그의 천성의 새로운 한구석이 그 모습을 드러냈다. 그는 격정적인 간통에 휩싸인 결과, 살인까지 생각하게 된 것이었다.

조금 차분해진 그는 한밤중에 홀로 살인 방법에 대해 생각하기 시작했다. 모든 이해관계가 그를 범죄로 몰고 가고 있었다. 그는 농부인 자신의 아버지가 도무지 죽을 생각을 하지 않고 있음을 우선 계산에 넣었다. 어쩌면 앞으로도 10년간 일을 하면서 이런 다락방에서 살아가야 할지도 몰랐다. 생각만 해도 화가 났다. 반대로 카미유가 죽는다면 자기는 테레즈와 결혼할 수 있을 것이다. 라캥 부인의 유산을 상속받게 될 것이며 그렇게 되면 직장을 때려치우고 햇볕이나 쬐며 어슬렁거릴 수 있을 것이다.

로랑은 테레즈를 원했다. 그녀를 가로채서 어디론가 함께 도망갈 수도 있을 것이다. 하지만 그렇게 되면 둘 다 굶어죽게 될 것이다. 남편을 죽이면 그 위험은 줄어들 수 있다. 아무런 스캔들도 일어나지 않을 수 있다. 단지 한 남자를 밀어내고 자기가 그 자리에 들어가면 그뿐이다.

결심이 서자 그는 카미유를 죽일 방법에 대해 생각하기 시작했다.

칼이나 독약은 쓰고 싶지 않았다. 아무런 위험 없이 은밀하게 해치워야 한다. 소리도 내지 않고 무섭지도 않은 방법. 그가 그냥 사라져버리게 만드는 방법. 그는 조용히 행복하게 살기 위해서 살인을 하려 한 것이다. 그는 '그를 죽이겠다'고 다짐하며 잠에 빠져들었다.

테레즈는 11시가 되어서야 집으로 돌아왔다. 집으로 돌아오니 라캥 부인과 카미유는 불안해하며 그녀를 초조하게 기다리고 있었다. 테레즈는 헛걸음을 했으며 합승 마차를 기다리느라 길거리에 한 시간 이상 서 있었다고 쌀쌀하게 대답했다.

다시 침대에 들어가 카미유 옆에 눕자 혐오감이 이는 것을 참기 어려웠다. 카미유는 곧 잠에 빠져들었다. 그녀는 입을 벌린 채 잠들어 있는 그의 얼굴을 한참 쳐다보았다. 그녀는 주먹 쥔 손을 그의 입에 처박고 싶었다.

제10장

약 3주일이 흘렀다. 로랑은 매일 저녁 가게로 왔다. 그는 마치 병든 사람처럼 기운이 없었다. 테레즈는 다시 말이 없고 찌푸린 낯으로 돌아왔다. 그전보다 더 꼼짝하지 않았고, 더 냉정했으며 더 조용했다. 마치 그녀에게는 로랑이 존재하지도 않는 것 같았다.

두 연인은 더 이상 밀회를 할 수 없었다. 둘이 얼굴이라도 마주칠 때면 겉보기에는 무심하고 낯선 것처럼 대했지만 정념과 두려움과 욕정이 그들의 평온한 얼굴 피부 밑에 꿈틀거리곤 했다. 그들 자신도 일종의 두텁고 매운 증기처럼 그들의 뇌수를 채우고 있는 그 열병을 짐짓 외면하는 척했다.

하지만 그들 둘이 문 뒤에 있게 되면 두 손을 으스러져라 우악스럽게 맞쥐곤 했다. 그들은 그렇게 손을 꽉 쥠으로써 그들의 욕망을 가라앉히곤 했다. 그들의 그 악수 속에는 그들의 몸 전부가 들어 있었다.

어느 목요일 저녁, 도미노 게임을 시작하기 전에 라캥 부인 집 손님들은 이런저런 이야기를 주고받았다. 그중 가장 큰 주제 중 하나는 미쇼 노인이 전에 겪었던 신기하면서 무서운 모험에 관한 것이었다. 그리베와 카미유는 마치 옛날이야기를 듣는 어린아이 표정을 하고 그의 이야기에 귀를 기울였다. 무서우면서도 재미있었다.

그날, 옛 경찰서장은 듣는 이들이 모두 무서워할 만한 살인 사건에 대해 자세히 이야기해주었다. 그러고는 머리를 끄덕이며 덧붙였다.

"그게 다가 아닙니다……. 얼마나 많은 범죄가 미해결로 남아 있는지! 얼마나 많은 살인자들이 법의 심판을 피해 있는지 몰라요."

그러자 그리베가 놀라서 말했다.

"뭐라고요? 그럼, 저 거리에 사람을 죽이고도 버젓이 돌아다니는 놈들이 있단 말입니까?"

그러자 올리비에가 미소를 지으며 멸시하듯 말했다.

"선생님, 그들을 체포하지 못하는 건, 그들이 살인자라는 걸 모르기 때문이지요. 그렇지 않나요, 아버지?"

그러자 미쇼 노인이 그의 말을 지지하듯 말했다.

"그래, 맞아. 내가 옛날 베르농에 있을 때, 어떤 놈이 대로상에서 수레꾼을 죽인 적이 있었어요. 시체는 토막 난 채 웅덩이 속에 처박혀 있었지. 그런데 범인을 좀처럼 잡을 수 없었어요. 아마 지금도 그 범인은 살아 있겠지. 우리 이웃인지도 모르고, 그리베 씨가 집으로 돌아가다가 길에서 만날지도 몰라요."

그러자 얼굴이 새하얗게 질렸던 그리베 씨가 호흡을 가다듬더니 자신도 이야기에 끼어들겠다는 듯 말했다.

"아니, 난 그렇게 생각하지 않아요. 나도 할 이야기가 하나 있지. 어떤 하녀가 자기 주인의 돈주머니를 훔쳤다고 감옥에 간 일이 있었어요. 두 달 후 그 주머니는 까치집에서 발견되었고요. 까치가 도둑이었던 거지요. 하녀는 풀려났고요. 자, 알겠어요? 범인은 반드시 드러나게 되어 있습니다."

그리베는 신이 나서 말했지만 올리비에가 빈정거리듯이 말했다.

"그렇다면 까치가 감옥에 가야겠군요."

그런 이야기가 오가는 동안 테레즈와 로랑은 아무 말도 없이 있었다. 약간 얼굴이 창백해진 채 조용히 귀를 기울이고 있을 뿐이었다. 어느 순간 그들의 눈이 마주쳤다. 검고 뜨거운 눈길이었다.

제11장

　날씨가 좋은 일요일이면 카미유는 가끔 억지로 테레즈를 데리고 외출을 해서 샹젤리제 거리를 산책했다. 그는 남들에게 자기 아내를 보여주고 싶어 했다. 테레즈는 그런 남자와 팔짱을 끼고 걷는 것이 괴로웠다.

　두 부부는 아주 가끔이긴 하지만 파리 교외로 나가는 일도 있었다. 그들은 생투앙이나 아니에르로 가서 물가 식당에서 물고기 튀김 요리를 사먹곤 했다. 테레즈는 즐거운 마음으로 기꺼이 그 길을 따라 나섰다. 밤 10시나 11시까지 맑은 바깥 공기를 실컷 숨 쉴 수 있었기 때문이었다. 여기저기 푸른 섬들이 눈에 보이는 생투앙은 그녀에게 베르농에서의 생활을 상기시켰다. 그곳에 가면 그녀가 소녀 시절 눈떴던 야생적 기질이 다시 살아나는 것을 느꼈다.

그녀는 자갈밭에 앉아 강물에 손을 담근 채, 그늘에서 불어오는 시원한 바람과, 강렬한 태양빛을 맞으며 진정으로 살아 있는 듯이 느꼈다. 그녀가 자갈과 기름진 흙으로 인해 옷이 찢기고 더럽혀지는 동안 카미유는 손수건을 펼치고 그녀 옆에 조심스럽게 앉았다. 최근에는 거의 매번 로랑이 그들과 동행했으며, 로랑은 웃음과 농담으로 모두를 즐겁게 해주었다.

어느 일요일 오전 11시경, 카미유와 테레즈와 로랑은 이른 점심을 먹고 생투앙을 향해 떠났다. 마차를 타고 생투앙에 도착하니 정오가 되었다. 공기는 뜨겁게 타오르고 있었다. 카미유와 팔짱을 낀 테레즈는 양산을 든 채 종종걸음으로 걷고 있었고 카미유는 손수건으로 부채질을 했다. 그들 뒤로 무심한 듯 로랑이 뒤따라오고 있었다. 그는 휘파람을 불었고 가끔 자갈을 발로 찼다. 그리고 이따금씩 갈색 눈으로 자기 애인의 흔들리는 허리를 바라보곤 했다.

강가에 도착하자 그들은 서둘러, 나무 그늘 아래 펼쳐진 풀밭을 찾았다. 그곳은 외따로 떨어진 잡목림 사이에 파묻힌 은밀한 곳이었다.

카미유는 마른 곳을 골라 옷자락을 들어 올리며 앉았고 테레즈는 그대로 나뭇잎들 위에 버석거리는 소리를 내며 앉았다. 로랑은 배를 깔고 엎드렸다. 그들은 햇살이 덜 뜨거워질 때까지 기다리며 세 시간 가까이 그곳에 그대로 있었다. 날이 좀 서늘해지면 들판을 거닐다가 저녁을 먹을 예정이었다.

카미유는 사무실 이야기를 멋대가리 없이 늘어놓더니 그대로 잠이 들어버렸다. 그의 얼굴에는 모자가 덮여 있었다. 오래 전부터 테레즈는 잠든 척하고 있었다. 카미유가 잠들자 로랑은 여인 쪽으로 천천히 몸을 굴려오더니 그녀의 발목에 입을 맞추었다. 한 달 전부터 그는 속에 분노를 감춘 채 조용히 지내왔다. 지금 그는 그곳, 어둠과 고요에 휩싸인 이 은신처 깊은 곳에서 그녀와 함께 있었다. 그런데 자기가 소유하고 있는 이 여인의 가슴을 안을 수가 없었다. 남편이 눈을 뜨면 산통이 다 깨질 판이었다. 언제나 이 사내가 장애물이었다. 로랑은 납작 땅에 엎드린 채 그녀의 치마 뒤에 숨어서 애인의 구두와 흰 양말에 조용히 입을 맞추었다. 테레즈는 마치 죽은 듯 꼼짝도 하지 않았다. 그는 그녀가 잠든 줄 알았다.

그는 일어나더니 나무에 몸을 기댔다. 그때 그는 애인이 빛나는 눈을 크게 뜨고 허공을 바라보고 있는 것을 알았다. 테레즈는 생각에 잠겨 있었던 것이다. 그녀의 움직이지 않는 두 눈은 어두운 심연과도 같았다.

그녀의 애인은 그녀를 곰곰이 바라보았다. 그는 그 커다란 눈에 입을 맞추고 싶었다. 그러나 그 치맛자락 바로 곁에서 카미유가 잠들어 있었다. 그 불쌍한 사내는 그 깡마른 몸을 드러낸 채 웅크리고 코를 골고 있었다. 정말 성가시고 추한 몰골이었다.

그를 바라보고 있던 로랑은 갑자기 발뒤꿈치를 들어올렸다. 단번에 그 얼굴을 짓뭉개려는 것 같은 몸짓이었다.

테레즈는 고함이 나오는 것을 억지로 참았다. 그녀는 파랗게 질려 눈을 감았다. 그녀는 마치 핏방울이 튀는 것을 피하려는 듯 고개를 돌렸다.

잠시 발뒤꿈치를 바로 카미유 면상 앞에 들고 있던 로랑은 천천히 발을 내려놓고 몇 걸음 뒤로 물러섰다. 그런 식으로 살인을 하는 것은 바보 같은 짓이라고 생각했던 것이다. 그는 곧바로 경찰의 손에 넘겨질 어리석은 짓은 하지 않기로 했다. 테레즈를 손에 넣기 위해 살인을 하는 것이라면, 미쇼 노인이 말한 수레꾼 살해자처럼 버젓이 살아남아야 할 것 아닌가?

그는 물가까지 걸어가더니 강물이 흐르는 것을 멍하니 바라보았다. 그러더니 그는 갑자기 잡목 숲으로 다시 들어왔다. 자

제11장

73

신에게 전혀 위험이 없을 살인 방법이 번쩍 떠오른 것이었다.

그는 지푸라기로 카미유의 코를 간질여 그를 깨웠다. 카미유는 재채기를 하며 일어났다. 카미유는 재미있는 장난이라며 로랑을 보고 웃었다. 이윽고 카미유가 잠든 척하고 있던 테레즈를 깨웠고 셋은 앞에 걸리적거리는 작은 나뭇가지들을 꺾으면서 그 공터를 떠났다.

세 명은 천천히 산책을 하면서 물가로 돌아와서는 식당을 찾았다. 그들은 기름 냄새와 술 냄새가 코를 찌르는 싸구려 식당으로 들어가서 널빤지로 된 테라스에 앉았다. 홀 안은 손님들로 시끌벅적했다. 테레즈는 난간에 기대어 부두 쪽을 바라보고 있었다. 생선 튀기는 냄새와 먼지 냄새가 테라스 위에 떠돌고 있었다.

로랑이 층계 난간에 몸을 기대더니 종업원을 큰 소리로 불렀다.

"어이, 여기 저녁 주문 좀 받아!"

그러더니 그는 갑자기 생각이 바뀐 듯 카미유에게 말했다.

"어이, 카미유, 식사하기 전에 물놀이 좀 하는 게 어때? 닭고기 요리를 시키면 한 시간쯤 걸릴 거야. 기다리기 너무 지루하잖아?"

카미유가 태평스럽게 대답했다.

"좋을 대로 해. 하지만 테레즈가 배고플 텐데……."

그러자 테레즈가 황급히 말했다.

"아녜요. 기다릴 수 있어요."

세 명 다 자리에서 일어났다. 그들은 카운터에서 자리를 하나 예약한 후, 음식을 주문한 다음 한 시간 후에 돌아오겠다고 말했다. 그들은 강가로 내려가서 보트를 하나 빌렸다. 작은 배였는데 카미유는 너무 가벼워보여서 무섭다고 말했다.

"어휴, 배 안에서 움직이면 안 되겠어. 그러다간 물에 빠지겠어."

사실 카미유는 물을 몹시 무서워했다. 몸이 아파서 센강 물속에서 놀아본 적이 없었기 때문이었다. 친구들이 물속에 텀벙 뛰어드는 동안 그는 따뜻한 이불 속에만 누워 있었던 것이다. 그는 보트가 단단한지 발로 조심조심 디뎌보았다. 그러고는 보트에 오르자 비틀거리면서 뒤에 가서 앉았다.

테레즈는 심각한 표정으로 꼼짝도 않은 채 물가에 서 있었다. 배를 묶어둔 밧줄을 푸느라 그 곁에 있던 로랑이 그녀의 귀에 낮게 속삭였다.

"조심해……. 내가 저 자를 물에 처박아버릴 거야. 나 하는 대로 가만있어……. 내가 다 알아서 할게."

젊은 여인의 얼굴이 무서울 정도로 창백해졌다. 그녀는 땅에

박힌 듯 가만히 서 있었다. 그러자 로랑이 다시 속삭였다.

"자, 빨리 배에 타."

그녀는 꼼짝도 하지 않았다. 그녀의 마음속에서 무시무시한 싸움이 벌어지고 있었다. 그때 카미유가 소리를 쳤다.

"아, 로랑! 테레즈 좀 봐! 겁 먹었나봐⋯⋯. 과연 탈 것인가, 말 것인가!"

그 불쌍한 남자의 농담이 망설이던 테레즈의 마음에 채찍질이 되었다. 그녀는 갑자기 배 위에 뛰어올랐다. 그녀는 배 앞으로 갔고 로랑이 노를 잡았다. 보트는 강변을 떠나 천천히 섬들을 향해 나아갔다.

황혼이 다가오고 있었다. 배는 곧장 센강 한복판으로 갔다. 강가에서 들리는 소음이 아스라해졌다. 이제 생선 튀김 냄새도 먼지 냄새도 나지 않고 모든 것이 쾌적했다. 신선한 공기가 불어오고 있었으며 날씨가 차가웠다.

로랑은 노를 놓고 배가 물결 따라 흘러가게 내버려두었다. 정면으로 섬들이 붉은 덩어리처럼 나타났다. 그러더니 금세 시커멓게 되었다. 마치 절망에 흐느끼는 것 같은 바람이 불어오고 있었고, 센강, 하늘, 섬들, 언덕들이 우윳빛 안개 속에서 갈색과 회색의 점들처럼 보였다.

카미유는 배를 깔고 엎드려서 머리를 물 위로 쳐든 채 물에 손을 담갔다.

"이런, 물이 엄청 차갑네! 이런 물속에 머리를 처박으면 정말 기분이 좋지 않을 거야."

로랑은 대답하지 않았다. 얼마 전부터 그는 불안한 눈길로 강변 쪽을 바라보고 있었다. 그는 입술을 깨물면서 그의 두툼한 손을 무릎 위로 가져갔다. 테레즈는 고개를 약간 뒤로 젖힌 채, 긴장해서 꼼짝도 않고 있었다.

보트는 두 섬 사이에 난 좁고 어두운 작은 지류로 깊숙이 들어가고 있었다. 그중 한 섬 뒤에서 보트꾼들의 부드러운 노래 소리가 들려왔다. 센강 상류를 향해 노를 저어가는 보트였다. 저 멀리 상류 쪽에는 아무도 없었다.

그때였다. 로랑이 자리에서 일어나더니 카미유의 허리를 안았다. 그러자 카미유가 웃음을 터뜨렸다.

"그만해, 그만 간질이라고……. 장난 그만해……. 그러다가 물에 빠지겠어."

로랑은 그를 더욱 세게 껴안고 흔들어댔다. 카미유는 고개를 돌렸다. 그리고 마치 경련이라도 인 것같이 무시무시한 친구의 얼굴을 보았다. 그는 영문을 알 수 없었다. 막연한 공포가 그를 사로잡았다. 그는 소리를 지르려고 했으나 억센 손이 목을 누르고 있어 소리가 나오지 않았다. 그는 동물적인 보호 본능으로 무릎으로 서서 뱃전에서 허우적거렸다. 그는 그렇게 몇 초간 싸웠다.

"테레즈, 테레즈!" 그 불행한 사람은 숨을 헐떡이며 겨우 그녀의 이름을 불렀다.

그의 호소하는 소리에 테레즈는 울음을 터뜨렸다. 그녀는 무서운 경련을 일으키며 벌벌 떨더니 배 바닥에 그대로 쓰러졌다. 그녀는 거의 정신을 잃은 채, 그렇게 죽은 듯 쓰러져 있었다.

로랑은 한 손으로 카미유의 목을 누른 채 여전히 그를 흔들어대고 있었다. 그는 겨우 나머지 손으로 카미유를 보트에서 떼어낼 수 있었다. 마침내 그는 두 손으로 카미유를 공중에 쳐들었다. 그때였다. 분노에 사로잡힌 카미유가 고개를 숙이고 있던 로랑의 목을 있는 힘껏 물었다. 살인자는 고통스러운 고함이 나오는 것을 참으면서 카미유를 냅다 강물에 던져버렸다. 카미유의 이빨 사이에는 로랑의 목에서 떨어져 나간 살점이 붙어 있었다. 카미유는 두세 번 물 위로 떠오르는 것 같더니 이내 가라앉아버렸다.

로랑은 한시도 지체하지 않았다. 그는 외투의 칼라를 세워 상처를 감추었다. 그리고 그는 기절한 테레즈를 두 팔로 안았다. 그런 후 그는 발길질로 단번에 보트를 뒤집더니 정부를 머리 위로 쳐든 채 그대로 센강을 떠내려갔다. 그는 가련한 목소리로 "사람 살려!"라고 외쳤다.

방금 전 섬 저쪽에서 노를 저어가던 보트꾼들이 그의 고함을 듣고 곧 노를 저어 나타났다. 그들은 불행한 사고가 일어났음을 즉각 알았다. 그들은 로랑과 테레즈를 구했다. 로랑은 친구를 잃은 절망적인 모습을 하고 있었으며, 울면서 친구를 구하려고 물에 뛰어들려고까지 했다. 보트꾼들은 그를 진정시키려 애를 써야만 했다.

로랑은 울부짖었다.

"아아, 내 잘못이었어요! 그 친구가 배 위에서 춤추게 내버려두는 게 아니었는데……. 아아, 그는 헤엄을 못 쳐요! 그는 물에 빠지면서 자기 아내를 구해달라고 외쳤어요!"

그들은 로랑과 테레즈를 그들이 식사를 주문해둔 식당으로 데려갔다. 사고 소식은 금세 생투앙의 모든 사람들에게 알려졌다. 보트꾼들은 마치 목격자인 양, 로랑의 말을 되풀이했다. 정신이 들자 테레즈는 통곡을 했다. 그녀가 의도하지 않았던 멋진 연기가 된 셈이었다.

로랑은 식당 주인에게 테레즈를 돌봐달라고 부탁한 후 혼자 파리로 돌아갔다. 가능한 한 조심스럽게 이 소식을 라캥 부인에게 알리기 위해서였다. 그가 걱정한 것은 사실은 테레즈의 신경과민이었다. 그녀가 좀 더 생각을 가다듬고 자기 역할을 충실히 수행할 시간을 주기 위해서였다. 카미유 몫의 저녁은 보트꾼들의 몫이 되었다.

제12장

로랑은 파리로 돌아오는 합승 마차 한구석에서 계획을 세웠다. 파리로 돌아오자 그는 다시 마차를 갈아타고 센 강가에 있는 미쇼 노인의 집으로 갔다. 저녁 9시였다.

옛 경찰서장은 아들 올리비에 부부와 함께 식탁에 앉아 있었다. 로랑은 두 가지 목적으로 그곳에 갔다. 우선은 자기가 의심을 받게 되는 경우 미리 방어책을 마련해두기 위해서였고, 또 직접 라캥 부인에게 소식을 전하지 않기 위해서였다. 통곡할 것이 뻔한 그녀 앞에서 연극을 할 자신이 없었기 때문이었다.

로랑은 미쇼 노인에게 띄엄띄엄 사고 이야기를 해주었다. 고통과 피로로 힘겨워하는 말투였다. 이야기를 끝낸 후 그가 덧붙였다.

"너무나 심한 충격을 받을 두 부인을 어떻게 해야 할지 모르겠습니다. 도저히 저 혼자는 카미유의 모친 댁에 갈 수가 없습니다. 수고스럽지만 저와 함께 가주시지 않으시겠습니까?"

미쇼 노인은 무서움과 놀람과 연민이 뒤섞인 고함을 질렀다.

"오, 맙소사! 어떻게 그런 무서운 일이! 그 딱한 부인에게 뭐라고 말한담? 자네 우리에게 먼저 오길 정말 잘했어. 자, 함께 가세."

네 명이 함께 밖으로 나갔다. 퐁-뇌프 소로로 들어서자 미쇼가 로랑을 세웠다.

"자네는 가지 말게. 자네를 보면 뭔가 큰일이 났다는 걸 부인이 당장 의심하게 될 거야. 부인에게 너무 갑작스럽게 사실을 알리면 안 돼. 내가 다 알아서 할 테니 자네는 다시 생투앙으로 돌아가서 젊은 부인을 돌보게."

그렇지 않아도 가게로 들어가야 한다는 생각에 속으로 잔뜩 떨고 있던 살인자에게 너무나 고마운 제안이었다. 그의 마음이 한결 가벼워졌다. 그는 재빨리 다시 생투앙으로 갔다.

얼마 후 라캉 부인의 집에서는 처절한 광경이 벌어지고 있었다. 미쇼 씨가 가능한 한 목소리를 부드럽게 하며 조심했건만 어느 순간 라캉 부인은 자기 아들에게 무슨 사고가 났음을 본능적으로 알아차렸다. 부인은 통곡을 터뜨리며 사실을 털어놓으라고 미쇼 씨에게 다그쳤다. 미쇼 씨가 할 수 없이 사실을 이야기해주자 그녀가 슬퍼하는 모습은 차마 눈을 뜨고는 못 볼 지경이었다. 그녀는 뒤로 자빠진 채 소리 내어 울지도 못했다. 그녀는 공포와 고통에 사로잡혀 거의 미친 듯 발작을 일으켰다. 쉬잔이 같이 울면서 노파의 머리를 들어 올려주지 않았다면 그녀는 땅에서 마구 뒹굴었을 것이다. 올리비에와 그의 아버지도 노파의 슬픔에 감염되어 말없이 서 있었다.

노파는 몸이 팅팅 불은 채 센강 바닥을 굴러다니는 아들의 모습을 상상하고 미칠 것 같았다. 그와 동시에 죽을 고비를 넘기면서 요람에 누워 있던 아들의 모습이 떠올랐다. 열 번 넘게 죽음에서 살려낸 아들이었다. 30년 동안 지성으로 사랑해온 아들이었다. 그런데 지금 그 아들이 자신과 멀리 떨어진 곳에서 갑자기, 마치 개처럼, 차갑고 더러운 물속에서 죽어버리다니!

미쇼 씨와 올리비에는 쉬잔을 부인 곁에 놔두고 밖으로 나왔다. 빨리 생투앙으로 가서 로랑을 다시 만나기 위해서였다. 마차를 타고 생투앙으로 가는 동안 그들은 마차 한구석에 앉은 채 거의 말을 나누지 않았다.

그들이 생투앙의 물가 식당에 들어가니, 테레즈는 시뻘건 얼

제12장

83

굴로 누워 있었다. 그녀를 돌보고 있던 식당 주인은 그녀에게 열이 많다고 낮은 목소리로 속삭였다. 하지만 사실상 테레즈는 혹시 자신이 흥분하여 사실을 고백하게 될까봐 두려워 짐짓 아픈 척하고 있었을 뿐이었다.

그녀는 이불을 턱까지 덮은 채 얼굴을 베개에 파묻고 사람들 이야기에 귀를 기울이고 있었다. 그녀의 감은 눈 위로 보트 위에서 싸우고 있는 로랑과 카미유의 모습이 선명하게 떠올랐다. 그리고 물속에서 허우적거리고 있는 남편의 모습도 떠올랐다. 아무리 억누르려 해도 끊임없이 떠오르는 그 환상 때문에 그녀의 피는 더욱 뜨거워졌으며 온몸에 열이 났다. 미쇼 노인이 그녀에게 위로의 말을 던졌다. 그녀는 참기 어렵다는 듯 몸을 돌리더니 다시 통곡하기 시작했다.

아래층에서는 경찰이 와서 사건을 조사하고 조서를 꾸미고 있었다. 미쇼 씨와 그의 아들은 로랑의 뒤를 따라 아래층으로 내려갔다. 올리비에가 파리 경찰청에 근무한다는 자신의 신분을 밝히자 조사는 10분 만에 끝이 났다. 아직 그곳에 남아 있던 보트꾼들은 마치 자기들 눈으로 직접 세 명이 동시에 물에 빠진 광경을 본 것처럼 생생하게 증언했다. 만일 올리비에와 그의 아버지가 약간의 의심을 갖고 있었다 할지라도 그들의 증언

앞에서 그런 의심은 사라져버렸을 것이다. 올리비에는 로랑이 친구를 구하려고 물속에 뛰어들었다고 조서에 쓰라고 경찰에게 충고했다.

조서 작성이 끝나자 로랑은 이제 새로운 삶이 시작된다는 기쁨이 온몸으로 스며들어오는 것을 느꼈다. 벌을 받을 리 없다는 확신이 들자 피가 다시 혈관 속을 정상적으로 돌기 시작했다. 이제 정말 살아난 것이고, 새롭게 살 수 있게 된 것이다. 희생자가 그의 목을 물어뜯는 순간부터, 그는 생각이 굳어버려 거의 기계적으로 행동했다. 하지만 마음이 안정되자 그는 희생자의 헌신적 친구 역을 충실히 수행할 수 있게 된 것이다.

그가 미쇼 씨에게 말했다.

"불쌍한 부인을 여기 이대로 둘 수는 없어요. 큰 병에 걸릴지도 모릅니다. 빨리 파리로 데려가야 해요."

그는 2층으로 올라가 테레즈에게 일어나서 퐁-뇌프로 가자고 사정하듯 말했다. 그의 목소리에 그녀는 몸을 떨며 눈을 크게 뜨고 그를 바라보았다. 그녀는 몸서리를 쳤고 얼이 빠진 듯했다. 그녀는 대답 없이 겨우 몸을 일으켰다. 그녀는 옷을 입고 아래층으로 내려갔고 올리비에의 부축을 받아 마차에 올랐다.

오는 도중 아무도 말이 없었다. 로랑은 대담하게도, 치마 위

제12장

85

에 올려놓고 있던 그녀의 손을 잡았다. 그녀의 손은 떨리고 있었다. 하지만 그녀는 손을 빼지 않았다. 오히려 로랑의 손을 애무했다. 그렇게 포개진 그들의 손은 불타고 있었다. 그 손가락을 통해 서로의 피가 상대방 가슴속으로 흐르는 것 같았다.

마차가 파리에 도착하자 미쇼 씨와 그의 아들이 먼저 내렸다. 로랑은 기회를 잡아 정부의 귀에 대고 속삭였다.

"기운 내, 테레즈. 꽤 오래 참고 기다려야 할 거야……. 명심해야 해."

테레즈는 아직 단 한 마디 말도 하지 않았었다. 그녀는 남편이 죽은 후 처음으로 입을 열었다.

"그래요. 명심할게요."

그들은 모두 함께 라캥 부인의 가게로 갔다. 라캥 부인은 여전히 헛소리를 하며 누워 있었다. 테레즈는 겨우 침대 곁으로 갔고 쉬잔이 힘겹게 그녀의 옷을 벗겨주었다. 모든 것이 원하는 대로 된 것을 확인한 로랑은 가게를 나와 천천히 생빅토르가의 자신의 움막을 향했다.

자정이 넘은 시각이었다. 시원한 바람이 인적 없는 쓸쓸한 거리에 불어오고 있었다. 그는 기분이 좋았다. 마침내 범죄에서 벗어나게 된 것이다. 그는 카미유를 죽였다. 그러나 아무도 이제는 입에 떠올리지 않을 끝난 사건이었다. 이제 조용히 살면서 테레즈를 갖게 될 날을 기다리면 된다. 그는 집으로 돌아와 깊은 잠에 빠져들었다.

제13장

다음 날 로랑은 상쾌한 기분으로 가뿐하게 자리에서 일어났다. 어제 저녁 사건은 거의 머리에 떠오르지도 않았다. 목에 쑤시는 상처만 없었다면, 어제 평온한 저녁을 보낸 후 일찍 잠자리에 들었던 것처럼 생각되었을 정도였다. 카미유가 문 자국은 마치 그의 살갗에 쇠붙이로 낙인을 찍어 놓은 것과 같았다.

그는 셔츠 깃을 접고서 싸구려 거울에 상처를 비춰보았다. 동전 크기만 한 둥글고 붉은 구멍이 나 있었다. 살점이 떨어져 나간 자리에 검은 점들과 함께 붉은 살이 드러나 있었다. 상처는 오른쪽 귀 뒤에 나 있었다. 그는 거울을 보며 얼굴을 찡그렸다.

그는 물로 상처를 씻으면서 상처쯤이야 며칠만 지나면 없어지리라 생각했다. 그는 옷을 입고 평소처럼 조용히 사무실로 출근했다. 그리고 전날의 사건에 대해 사람들에게 감동적으로 이야기를 했다. 신문 기사를 통해 이미 사건에 대해 알고 있던 사람들 사이에서 그는 영웅이 되었다. 그 후 1주일 동안 오를레앙 철도국에서의 화제는 오로지 그것뿐이었다.

하지만 로랑에게는 은밀한 불안이 남아 있었다. 카미유의 죽음은 아직 공식적으로 확인되지 않고 있었다. 테레즈의 남편은 확실히 죽었다. 하지만 살인자는 그의 죽음이 정식으로 인정되려면 그의 시체를 두 눈으로 확인하고 마무리를 지어야만 한다고 생각했다. 사건 다음 날 사람들이 열심히 그의 시체를 찾았지만 성공하지 못했었다.

로랑은 사무실로 가는 길에 매일 시체 공시소에 들렀다. 그는 역겨운 냄새를 견디며 익사자들 사이에서 카미유의 시체를 열심히 찾았다. 시체 공시소는 언제나 모든 사람들에게 개방되어 있어서 그는 자유롭게 드나들 수 있었다.

그곳에 드나든 지 1주일 만에 그는 카미유의 시체를 확인할 수 있었다. 살인자는 자신이 살해한 시체로부터 눈을 떼지 못했다. 피부만이 약간 누르스름한 흙빛을 띠고 있었을 뿐 얼굴은 아직 굳고 단단해 보였으며 표정도 그대로였다. 비틀린 입술은 마치 자신을 조롱하고 있는 것 같았다.

제13장

89

로랑은 카미유를 오랫동안 바라보았다. 너무나 흉한 익사자의 모습이었다. 너무 여위고 가련해 보였다. 어머니의 보호 아래 따뜻한 이불 속에서 자란 이 사나이는 이제 썩은 살 뭉치가 되어 오그라든 채 그 포석 위에서 떨고 있었다.

로랑은 가슴을 찌르는 듯한 이상한 호기심에 젖어 입을 벌린 채 그 앞에 못 박힌 듯 오랫동안 서 있었다. 갑자기 정신이 든 그는 황급히 공시소를 떠나 길을 빨리 걷기 시작했다. 그는 걸음을 걸으면서 수없이 되뇌었다.

"저게 바로 내가 한 짓이야. 그래, 내가 한 짓! 오오, 정말 추하구나!"

코를 찌르는 시체의 냄새가 그를 뒤따라오는 것 같았다. 그는 미쇼 씨를 찾아가서 시체 공시소에서 카미유를 발견했다고 말했다. 수속이 끝나자 익사자를 매장하고 사망 신고를 했다. 이제 자기가 지은 죄, 자신의 뒤를 따라다니던 그 끔찍한 광경을 잊고 지내고 싶었다.

퐁-뇌프 소로의 가게는 사흘 동안 문을 닫았다. 가게가 다시 문을 열었을 때, 가게 안은 이전보다 더 어두워 보였고 더 축축해 보였다. 먼지가 쌓인 진열장은 이 집의 슬픔을 그대로 보여주고 있는 것 같았다.

사흘 동안 라캥 부인과 테레즈는 아무 말도 나누지 않은 채, 심지어 서로의 얼굴도 보지 않은 채 자신들의 침대에 머물러 있었다. 늙은 부인은 침대 위 베개에 기대어 앉은 채 마치 백치 같은 눈길로 멍하니 앞을 바라보고 있었다. 그녀는 절망의 수렁에 빠져 몇 시간이고 꼼짝 않고 그렇게 앉아 있었다. 그러다 이따금 발작을 일으키며 울부짖었고 헛소리를 하기도 했다. 테레즈는 그 옆방에서 마치 잠들어 있는 것 같았다. 그녀는 벽 쪽으로 얼굴을 돌리고 이불을 눈가까지 뒤집어썼다. 마치 자신의 생각을 이불로 감추려 하는 것 같았다. 두 사람을 돌보고 있는 쉬잔이 두 침대 사이를 조용히 오가며 그녀들을 달래고 용태를 살폈다.

사흘째 되는 날, 테레즈가 이불을 젖히더니 침대 위에 앉았다. 그녀는 머리카락을 쓸어 올리더니 이마에 손을 얹은 채 눈을 똑바로 고정시키고 있었다. 그런 후 그녀는 침대에서 뛰어내렸다. 사지가 떨렸고 뜨거웠다. 그녀의 피부 여기저기에 마치 대리석 무늬 같은 것이 나 있었고, 여기저기 주름이 잡혀 있었다. 불과 며칠 사이에 늙어버린 것 같았다.

그녀는 옷을 입고 거울 앞에 섰다. 그녀는 눈을 비비더니 두 손을 얼굴로 가져갔다. 마치 얼굴 위의 그 무언가를 지우려는 것 같았다. 그러더니 갑자기 식당을 지나 라캥 부인의 방으로 갔다.

늙은 수예품 상인은 멍한 상태에 빠져 있었다. 그녀는 기계적으로 고개를 돌려 방으로 들어온 젊은 과부에게로 시선을 옮겼다. 둘은 그렇게 서로 바라보고 한동안 가만히 있었다. 조카는 불안이 더 커졌고, 시어머니는 무언가 애를 써서 기억해내려 하는 것 같았다. 마침내 기억이 난 듯 그녀는 테레즈의 목을 껴안고 소리쳤다.

"오, 불쌍한 내 아기! 불쌍한 카미유!"

그녀는 울었다. 그녀의 눈물이 젊은 과부의 불타는 피부 위에서 말라가고 있었다. 테레즈는 노파의 눈물이 마르기를 기다리며 몸을 숙인 채 가만히 서 있었다.

얼마 후 테레즈는 노파에게 아래로 내려가자고 말했다. 노파는 다시 통곡하며 이제 자신에게 남은 건 너밖에 없다고 테레즈에게 말했다.

저녁에 라캥 부인은 자리에서 일어났다. 그리고 음식을 들겠다고 했다. 그때 테레즈는 이 가엾은 노파가 얼마나 큰 충격을 받았는지 확인할 수 있었다. 다리가 너무 무거워 식당까지 가는데도 지팡이가 필요했다. 그녀 주위의 벽들은 온통 흔들리고 있는 것 같았다.

그래도 다음 날부터 노파는 가게를 다시 열기로 했다. 그리고 계산대 뒤에 가서 앉았다. 이날부터 그녀는 조용히 슬픔에 잠겨 그곳에 못 박힌 듯 앉아 있었다. 그 옆에서 테레즈는 그 무언가 생각하며 기다리고 있었다. 상점 안에는 다시 본래의 어두운 정적이 감돌았다.

제14장

로랑이 이틀이나 사흘에 한 번씩, 저녁에 가게로 왔다. 그는 반 시간 정도 카운터 옆에서 라캥 부인과 이야기를 나누었다. 그는 테레즈의 얼굴로는 눈길 한 번 돌리지 않은 채 그대로 돌아갔다. 노파는 그를 따뜻하게 맞았다. 그를 조카딸이자 며느리의 생명의 은인으로 생각하고 있었고, 아들의 목숨을 구하기 위해 전력을 다한, 고상한 마음씨의 젊은이로 생각하고 있었던 것이다.

어느 목요일 저녁, 로랑이 그곳에 있을 때 미쇼 노인과 그리베가 왔다. 저녁 8시경이었다. 그들은 각자 이제 다시 옛날 습관을 시작해도 폐가 되지 않겠다고 생각하고 온 것이었다. 그들 뒤로 올리비에와 쉬잔이 따르고 있었다.

모두들 식당으로 올라갔다. 라캥 부인은 램프에 불을 붙이고 차를 끓였다. 모두들 찻잔을 앞에 두고 앉아 도미노 게임을 시작하려 하자 노파는 갑자기 옛날 생각이 나서 사람들을 바라보더니 울음을 터뜨렸다. 자리 하나, 바로 자기 아들의 자리 하나가 비어 있었던 것이다.

그녀의 절망한 모습이 그 자리를 얼어붙게 했다. 사실 그들은 모두 카미유 생각은 하지 않고 있었다. 미쇼 노인이 조금은 초조한 기색으로 말했다.

"부인, 그렇게 너무 슬퍼하지 마세요."

그러나 라캥 부인은 울음을 멈출 수 없었다. 그러자 미쇼 노인이 다시 말했다.

"자, 자, 힘을 내세요. 우리 모두 당신 마음을 풀어드리려고 온 겁니다. 자, 잊으려고 노력합시다. 한 판에 2수를 걸고 시작합시다! 모두들 어때요?"

그들은 게임을 했다.

로랑과 테레즈는 이 짤막한 장면을 보고 있었다. 로랑은 목요일 모임이 다시 시작된 것이 기뻤다. 그는 자기가 잘 알고 있는 이 사람들과 함께 있는 게 왜 그런지 마음이 편했다.

검은 상복을 입은 테레즈는 창백한 얼굴로 생각에 잠겨 있었

제14장

95

다. 로랑은 이전에 발견하지 못했던 아름다움을 그녀에게서 느꼈다. 그는 그녀와 시선을 마주치는 것이 행복했다. 그녀의 시선은 용감하게도 그의 시선과 자주 마주쳤다. 테레즈의 몸과 마음은 온전히 그의 것이었다.

그렇게 1년 3개월이 흘렀다.

로랑은 이제 옛날처럼 거의 매일 가게로 왔다. 그러나 거기서 저녁을 들지도 않았고 저녁 내내 꼬박 그곳에 머무르지도 않았다. 그는 9시 반에 와서 가게를 닫으면 돌아갔다. 그는 라캥 부인이 램프 불을 붙이는 것을 돕고 손님들을 친절하게 맞았다. 그런 그에게 라캥 부인은 진심으로 고마워했다.

테레즈는 그런 그를 조용히 바라볼 뿐이었다. 이제 그녀 얼굴에서 창백한 기운도 사라졌다. 그녀는 옷을 더 잘 입었고, 미소를 더 잘 지었으며, 보다 부드러워졌다.

하지만 두 연인은 그동안 단 한 번도 밀회를 나누지 않았다. 단둘이 만나기 위해 애를 쓰지도 않았다. 마치 살인 사건이 그들의 욕망을 잠재워버린 것 같았다. 마치 그를 죽임으로써, 그토록 그들을 들끓게 했던 그 육욕이 다 채워진 것 같았다.

사실상 그들은, 그들을 살인으로까지 몰고 간 그 욕망을 이전보다 훨씬 쉽게 채울 수도 있었을 것이다. 힘없고 멍청한 라캥 부인은 결코 장애물이 될 수 없었다. 그 집은 마치 그들 집과 같았고 마음먹는 대로 외출할 수도 있었고 어디로든 갈 수 있었다. 하지만 그들은 조용히 이야기를 나누며 그냥 그렇게 지냈다. 서로 시선을 마주쳐도 얼굴을 붉히지 않았으며 떨지도 않았다. 마치 그들의 살을 멍들게 하고 그들의 뼈를 삐걱거리게 했던 그 미친 듯한 욕정을 잊은 것 같았다. 심지어 그들은 단둘이 있게 되는 기회를 피하는 것 같았다.

그들은 각자 왜 이렇게 무관심해졌는지, 서로 마주치는 것을 겁내게 되었는지 나름대로 이유를 만들었다. 그들은 자신들이 그렇게 냉정한 것이 조심성 때문이라고 생각했다. 가끔 그들은 억지로 희망을 가지려 애써보았다. 이전에 그토록 그들을 불타게 만들었던 꿈을 되찾으려 했다. 하지만 그들의 상상력이 텅 비어버린 것을 보고 놀라곤 했다.

그러자 그들은 장차 그들이 결혼을 하게 되리라는 생각에 매달려보았다. 그래, 그렇게만 된다면 아무런 두려움도 없이 서로에게 몰입할 수 있을 거야, 정열을 다시 되찾을 수 있을 거고, 감미로운 꿈을 맛볼 수 있을 거야, 라고 그들은 생각했다.

테레즈의 영혼이 이렇듯 평온하게 착 가라앉은 것은 평생 처

제14장

97

음이었다. 그녀는 확실히 좋아졌다. 그토록 완강하던 그녀 마음 속 고집은 완전히 꺾여 있었다.

밤이면 홀로 침대에 누워 그녀는 행복했다. 더 이상 곁에서 야위고 역겨운 카미유의 몸 냄새를 맡지 않아도 되었다. 그녀는 자신이 다시 청순한 소녀가 된 것 같았다. 그녀는 그렇게 평화로웠다.

그녀는 악몽에 놀라 갑자기 잠에서 깨어날 때를 제외하면 결코 로랑을 생각하지 않았다. 그럴 때면 곁에 누군가 있다면 이렇게 무섭지 않겠다고 막연히 생각하며 로랑을 떠올렸을 뿐이었다. 이제 그녀에게 자신의 정부는 자기를 지켜주는 보호견(保護犬) 같은 존재로 여겨졌다. 그녀의 몸에서는 더 이상 욕정의 불길이 일지 않았다. 이제 몽상도 하기 싫었다.

낮이면 그녀는 가게에서 거리 광경에 정신을 쏟았다. 그녀는 아침부터 저녁까지 퐁-뇌프 소로를 지나가는 사람들을 바라보았다. 오가는 사람들의 모습, 그들의 대화하는 모습이 재미있었다. 그녀는 호기심 많고, 재잘거리기 잘하는 여자가 되어 있었다.

하지만 그녀가 언제까지나 그런 얌전한 여자의 모습으로 머문 것은 아니었다. 그녀는 대부분의 시간을 도서관에서 대출한 책을 읽으며 지냈다. 그녀는 책을 읽으며 다시 몽상에 빠졌으며 그녀를 간통에 빠지게 한 열정을 다시 느꼈다. 책을 읽으며 그녀는 카미유와 로랑을 동시에 떠올렸고 공포와 의혹 속에서 새로운 정욕을 느꼈다. 간통에 몸을 던진 짐승으로 되돌아간 것이다.

그녀는 그렇게 부드러움과 악마적 욕망 사이를 끊임없이 오가고 있었다. 그리고 점점 더 도대체 자기 자신이 어떤 존재인지 아무것도 알 수 없는 그런 상태에 빠져들었다.

한편 로랑은 다른 식으로 안정과 흥분 사이를 오가고 있었다. 처음에 그를 찾아온 것은 깊은 평온함이었다. 마치 등에 지고 있던 큰 짐을 내려놓은 것 같았다. 그러다 가끔 놀라서 생각에 잠기기도 했다. 그는 마치 악몽을 꾼 것 같았다. 자기가 저지른 범죄가 스스로에게도 이상한 일로 여겨졌다. 결코 자기는 그런 범죄를 저지른 사람 같지 않았다. 하지만 범죄가 발각되어 교수형을 당할 수도 있다는 생각을 하면 이마에 땀이 솟았다.

그는 다시 과거의 습관을 되찾았다. 그리고 몇 개월 동안 묵묵히 일을 하며 모범적인 직원이 되었다. 그는 통통하게 살이 올라, 마치 인자한 아버지 같은 풍모를 풍겼다.

그의 육체는 갑자기 죽어버린 것 같았다. 그는 테레즈 생각은 거의 하지 않았다. 그냥 가까운 미래에 결혼하게 될 대상으로서 그녀의 이름이 떠오를 뿐이었다. 테레즈는 이미 그에게 이전처럼 불타는 욕망을 일으키는 대상이 아니었다. 다만 결혼과 함께 새로운 생활을 하게 될 한 여자일 뿐이었다. 그녀와 결혼하게 되면 직장을 때려치우고 그림이나 그리며 빈둥빈둥 살아가리라. 그가 매일 테레즈의 가게로 가는 것은 그러한 희망 때문이었다.

그러는 사이 테레즈는 상복을 벗게 되었다. 로랑은 그런 그녀를 보니 그녀가 다시 아름답고 젊어진 것 같았다. 하지만 그녀 앞에서는 뭔가 거북함이 느껴지는 것을 어쩔 수 없었다. 게다가 요즘 그녀는 부쩍 불안정한 모습을 보이고 있었다. 이상하게 변덕을 부렸으며 이유 없이 웃다가 슬퍼하기도 했고 갑자기 열을 내기도 했다. 그는 자기를 그토록 사로잡았던 그녀의 미친 듯한 격정이 겁이 났다. 그녀와 함께 살다보면 자신이 겨우 유지한 마음의 균형이 깨질까봐 두려웠다.

하지만 그는 결국 테레즈와 결혼할 수밖에 없다고 생각했다. 그녀와 자기는 이미 공범이 아닌가? 만일 자기가 그녀를 배반한다면 그녀는 경찰에 모든 것을 털어놓을 것이다. 그는 그녀를 다시 붙잡기로 결심했다.

어느 날 저녁, 로랑은 가게 문을 닫으면서 틈을 봐서 테레즈에게 말했다.

"오늘 저녁 당신 방에 가도 좋을까?"

테레즈는 무섭다는 몸짓을 하며 말했다.

"안 돼! 기다려야 해! 조심해야 해!"

"너무 오래 기다렸어. 이제 지쳤어. 당신이 필요해."

테레즈는 그를 미친 듯이 바라보았다. 손과 얼굴이 열기에 들떠 있었다. 그녀는 망설이는 것 같았다. 그러고는 갑자기 말했다.

"우리 결혼해요. 난 당신 거야."

제15장

　로랑은 긴장한 채 그곳을 떠났다. 그녀의 말 한 마디, 더운 입
김이 그의 마음속에 과거의 격렬한 욕정을 되살려낸 것이었다.

　자기가 묵고 있는 생빅토르가의 호텔 앞에 이르자 그는 혼자
서 자기 방으로 올라가기가 두려웠다. 설명하기 어려운 어린아
이 같은 무서움이 갑자기 그를 사로잡았다. 자기 다락방에 한
사나이가 숨어 있다가 나타날 것 같은 두려움이었다. 그가 그
런 두려움에 사로잡힌 것은 생전 처음이었다.

　위로 올라가자 그는 재빨리 문을 열고 다시 재빨리 닫았다.
그는 우선 침대 밑을 살펴본 후 방 안을 꼼꼼하게 살펴보았다.
그는 다락방 지붕 쪽 창문을 닫았다. 그쪽을 통해 꼭 누군가가
내려올 것만 같았다. 그런 후 그는 조금 안심이 되어 옷을 벗었

다. 그는 이게 무슨 어린애 같은 짓이냐며 미소를 지었다. 그렇게 겁을 먹어본 적이 없었기에, 도대체 왜 갑자기 그런 공포가 그를 찾아오게 되었는지 이해할 수가 없었다.

그는 자리에 누웠다. 그리고 공포 때문에 잊고 있던 테레즈를 다시 생각했다. 그리고 눈을 감은 채 그녀와 결혼해서 얻게 될 이득에 대해 계산을 하려 했다. 그러자 그의 머리를 온통 그녀와의 추억이 채우기 시작했다. 그에게 얼른 퐁-뇌프 거리로 돌아가야겠다는 생각이 들었다. 그는 침대에서 뛰어내리며 중얼거렸다.

"그래, 거기로 가야 해. 그녀가 나를 기다리고 있어."

그러나 그는 곧바로 다시 침대에 누우며 이게 무슨 미친 짓이냐며 자신을 나무랐다. 마음은 여전히 불안했다. 그는 마치 자기를 위협하는 칼날을 피하려는 듯 침대에 몸을 웅크렸다.

갑자기 목으로 피가 솟구치는 것 같았고 목이 마구 화끈거렸다. 그는 목으로 손을 가져갔다. 손으로 카미유가 물어뜯은 상처를 느낄 수 있었다. 그는 거의 그 상처를 잊고 있었다. 피부에서 그 상처를 느끼자 몸이 오싹했다. 그 상처가 자신의 살을 파먹고 있는 것 같았다. 그는 황급히 상처에서 손을 뗐다. 더 이상 상처를 느끼지 않기 위해서였다. 하지만 여전히 그 상처가 살을 파헤치고 목에 구멍을 뚫는 것처럼 느껴졌다. 그는 그 상처를 손톱 끝으로 가만히 긁어내려 했다. 그러자 무섭게 쓰라렸다. 살점이 떨어지는 것 같았고, 목이 갉아 먹히는 것처럼 아팠다.

그는 이제 온통 카미유 생각에 사로잡혀 있었다. 무서웠다. 이제까지 단 하룻밤도 그 익사자 생각에 괴로워했던 적은 없다. 그런데 테레즈를 향한 욕망이 일자 갑자기 그녀 남편의 유령이 나타난 것이다. 살인자는 감히 눈을 뜰 수가 없었다. 방 한 구석에서 희생자가 모습을 보일 것 같아서 두려웠다. 한순간 그의 침대가 흔들리는 것 같았다. 카미유가 침대 밑에 숨어 침대를 흔드는 것 같았다. 그를 떨어뜨려 물어뜯으려 하는 것 같았다. 그는 침대가 점점 더 심하게 흔들린다고 생각하며 머리카락이 쭈뼛 선 채로 매트리스에 꼭 매달렸다.

그러자 침대가 흔들림을 멈추었다. 그는 자신이 바보라고 생각하며 촛불을 켰다. 그리고 흥분을 가라앉히기 위해 물을 한 컵 따라 마셨다.

그는 불을 끄고 잠을 청했으나 잠이 오지 않았다. 그러다가 겨우 잠에 빠져들었나 했더니, 꿈을 꾸었다. 그는 꿈속에서 퐁-뇌프 소로의 샛길을 통해 테레즈의 방으로 올라가고 있었다. 누군가 문을 열어주었다. 그런데 문을 열어준 것은 속치마 바람의 테레즈가 아니었다. 카미유가 시체 공시소에서 본 모습, 푸르죽죽하고 흉한 모습으로 문을 열어주었다. 그 시체는 웃는 얼굴로 흰 이빨 사이에 거무스름한 혀끝을 보이며 두 팔을 벌리고 있었다.

로랑은 고함을 지르며 잠에서 깨어났다. 온몸에 식은땀이 흐르고 있었다. 그는 다시 한번 자신을 비웃고 욕하며 잠을 이루려 했다. 그리고 계속해서 설핏 잠이 들었다가 악몽을 꾸고 깨어나기를 반복했다. 그는 밤새, 테레즈를 향한 욕망과 그것을 방해하는 악몽에 시달렸다. 그러는 가운데 날이 밝았다.

로랑은 흥분이 가라앉지 않은 채 천천히 옷을 입었다. 잠을 못 잔 데다 그렇게 유치한 공포에 사로잡혀 있던 자신이 부끄러워서 그는 화가 나 있었고 기진맥진해 있었다. 그는 옷을 다 입자 생각했다.

'나는 겁쟁이가 아니잖아. 카미유를 얼마나 비웃었었나? 그 불쌍한 놈이 내 침대 아래 있다고 생각하다니! 그런데 매일 밤 그 꼴을 보면 어떻게 하나? 그래, 가능한 한 빨리 결혼해야겠어. 테레즈가 나를 안고 있으면 그놈 생각은 안 하게 되겠지. 그녀가 내 목에 입을 맞추면 그 상처도 그렇게 아프게 느껴지지 않게 될 거야.'

그는 거울 앞으로 가서 목을 빼고 들여다보았다. 상처는 창백한 장밋빛이었다. 상처에서 그는 카미유의 이빨 자국을 알아볼 수 있었다. 그러자 갑자기 피가 위로 솟구치는 것 같더니 상처가 새빨개졌다. 동시에 바늘로 상처를 찌르는 것처럼 따끔따끔했다. 그는 옷깃을 올리며 생각했다.

'그래, 테레즈가 고쳐줄 거야. 몇 번 입을 맞춰주면 씻은 듯 나을 거야.'

로랑은 괴로운 하루를 보냈다. 사무실에서는 하루 종일 쏟아지는 잠과 싸워야만 했다. 자기도 모르는 새 고개를 떨구었으며 과장의 발소리에 깜짝 놀라 다시 고개를 들어 올리곤 했다.

저녁이 되자 그는 피곤했지만 테레즈를 만나러 갔다. 무슨 일인지 테레즈 역시 녹초가 되어 있었다.

그가 자리에 앉자 라캥 부인이 말했다.

"우리 가엾은 테레즈가 잠을 잘 못 잤다우. 무슨 나쁜 꿈을 꾼 것 같아. 몇 번이고 소리를 지르는 것 같았어요. 그러더니 아침에는 저렇게 병이 단단히 나버렸어."

고모가 말을 하는 동안 테레즈는 로랑을 뚫어져라 바라보고 있었다. 틀림없이 그들이 똑같은 공포를 겪었음을 알아차린 것이다. 그들의 얼굴에는 똑같은 신경의 전율이 나타나 있었다.

그들은 사소한 이야기를 나누며 10시까지 함께 있었다. 하지만 그들은 서로를 깊이 이해할 수 있었다. 그들은 서로의 시선에서, 익사자를 물리치기 위해서 한시라도 빨리 결혼하자는 다짐을 읽었다.

제16장

바로 그날 밤, 테레즈에게도 카미유의 유령이 찾아왔었다.

로랑이 1년 정도 무관심하게 지내다가, 갑자기 그녀에게 제안한 뜨거운 밀회는 그녀에게는 마치 일종의 채찍질 같았다. 그녀가 자리에 누워, 얼마 안 있어 로랑과 결혼할 수 있다는 생각을 하자 그녀의 몸은 갑자기 지글지글 끓기 시작했다. 그녀는 잠이 오지 않아 엎치락뒤치락했다.

그때였다. 그녀의 눈앞에 익사자가 나타났다. 그녀도 로랑과 마찬가지로 육체적 욕망과 공포에 번갈아 시달렸다. 그리고 로랑과 마찬가지로, 그와 결혼을 해서 그를 품에 안게 되면 더 이상 그런 무서움에 시달리지 않으리라고, 더 이상 고통은 없으리라고 생각했다. 같은 날 같은 시각에 둘은 모두 헐떡거리며 겁에 질려 있었고 똑같이 둘의 무서운 사랑 속에서 희망을 찾고 있었던 것이다.

다음 날부터 테레즈의 모든 행동은 로랑과 결혼하기 위한 일종의 작업이 되었다. 위험으로 가득 찬 어려운 일이었다. 두 연인은 부주의한 행동으로 의심을 사지 않을까 걱정하고 있었다. 로랑은 자신들이 결혼하겠다는 뜻을 직접 내비치기보다는 라캥 부인이나, 목요일 저녁 손님들의 입을 통해 그 이야기가 나오게 만들겠다는 계획을 세웠다. 테레즈를 재혼시켜야 한다는 생각을 그들이 갖게 하고, 그 생각이 그들 스스로에게서 우러나온 것처럼 만들어야 했다.

이 연극은 길고도 섬세한 연출과 연기가 필요했다. 테레즈와 로랑은 각자에게 걸맞은 역할을 맡았다. 극도로 신중하게 일을 진행시켰으며 철저한 계산에 의해 움직였고 사소한 말 한 마디도 조심해서 했다.

그들이 결혼을 서두른 것은 이제 더 이상 둘이 떨어져 홀로 지낼 수 없게 되었기 때문이었다. 익사자가 매일 밤 그들을 찾아왔으며 그들은 불면증에 시달렸고 매일 밤 불 꼬챙이가 온몸을 지지는 것처럼 고통스러웠다. 테레즈는 밤에 감히 자기 방으로 들어갈 엄두를 내지 못했다. 불을 끄자마자 방 안에 유령

제16장

들이 이상한 불빛을 내며 어른거리는 것 같아 무섭기 그지없었다. 결국 그녀는 밤새 촛불을 밝혀 놓았다. 밤새 잠을 이루지 못한 그녀는 아침이면 맥이 하나도 없었다.

로랑도 마찬가지였다. 저녁나절이 되면 그는 완전히 겁쟁이가 되었다. 집으로 돌아가지 않고 밤새 거리를 헤매겠다는 생각도 여러 번 했다. 그리고 실제로 다리 밑에서 흐르는 강물을 바라보며 밤을 지새우기도 했다. 그러면 그 강물을 따라 익사자들이 둥둥 떠내려가는 것만 같았다. 그리고 집으로 돌아가면 여전히 카미유의 유령에게 시달렸다.

날이 흐를수록 두 연인의 공포는 커져만 갔다. 매일 악몽이 그들을 짓눌렀으며 그들은 점점 더 미칠 것만 같았다. 그들은 마치 구원을 기다리듯 결혼할 날을 기다리고 있었다. 그 이후에는 행복한 날이 계속되리라.

테레즈가 오로지 결혼만을 바라고 있었던 것은 무엇보다 무서웠기 때문이었고, 그녀의 몸이 로랑의 강한 애무를 원하고 있었기 때문이었다. 사실상 그녀는 아무런 생각도 하지 않았다. 단지 정열에만 몸을 맡기고 있었다. 그녀의 정신은 그녀가 읽은 책들로 인해 혼란에 빠져 있었으며 잔인한 불면증에 시달리고 있는 육체는 흥분되어 있었다.

한편 로랑은 자기의 결정에 대해 차분히 논리적으로 생각했다. 그는 그 결혼이 필연적인 것이며 행복에 이르는 길이라는 것을 확실히 하기 위해 이전에 했던 계산을 다시 했다. 죄포스의 아버지는 도무지 돌아가실 기미를 보이지 않으므로 유산을 받으려면 너무 오래 기다려야만 했다. 그는 자신이 테레즈와 결혼하기 위해 카미유를 살해하고도 실상 아무것도 하지 않고 있음을 생각해냈다.

그가 바란 것은 테레즈에게서 얻게 될 육체적 쾌락만이 아니었다. 그는 살인을 함으로써 그에게 찾아올 안정되고 한가로운 생활을 얻으리라고 생각했던 것이다. 카미유가 누리던 모든 것을 빼앗고 그 자리를 대신 차지하려는 속셈이 없었던들, 그처럼 신중하게 살인을 저지르지는 않았을 것이다. 그는 다시 정신을 차리고 카미유가 죽게 되면 얻으리라 기대했던 이익을 찾을 때가 되었다고 스스로 되풀이해서 다짐했다.

라캥 부인은 얼마 안 있어 죽을 것이 확실하므로 4만 몇천 프랑의 유산은 자기 차지가 될 수 있다. 그러고 나면 새롭게 행복한 삶을 설계할 수 있을 것이고, 모든 것은 다 잊을 수 있으리라. 하지만 아무리 억지로 희망을 가져보려 해도, 게으름과 환락에 둘러싸인 미래를 꿈꾸어봐도 소용이 없었다. 그런 희망

을 꿈꾸다가도 어느 순간 갑자기 온몸을 얼어붙게 만드는 것
같은 전율이 그를 사로잡았고, 무언가 그의 목을 짓누르며 그
의 기쁨을 가로막는 듯한 기분이 드는 것을 어쩔 수 없었다.

제17장

어쨌든 로랑과 테레즈의 은밀한 작업이 드디어 결실을 맺게 되었다.

테레즈가 하도 맥없이 절망한 상태로 지내자 라캥 부인은 조카이자 며느리 걱정을 하기 시작했다. 늙은 수예품 상인은 테레즈가 왜 그렇게 슬퍼하는지 알고 싶었다. 테레즈는 슬픔에 잠긴 젊은 과부 역할을 충실히 연기했다. 그녀는 확실한 대답은 피한 채, 막연히 따분하다든가 기운이 없다든가 머리가 아프다고 말하곤 했다. 마치 알 수 없는 병에 걸려 서서히 죽어갈 것만 같았다.

라캥 부인의 걱정은 이만저만이 아니었다. 이제 이 세상에서 자신에게 남은 건 조카딸뿐이었다. 그녀는 매일 저녁 하느님께 그녀를 보호해달라고, 그래서 자기의 눈을 감겨주게 해달라고 기도했다. 약간은 이기적인 노인네로서의 사랑이었다.

그녀는 같이 나이가 든 친구 미쇼 씨에게 상의를 하기로 마음먹었다. 어느 목요일 저녁, 그녀는 미쇼 씨에게 자신의 근심 걱정에 대해 털어놓았다.

그러자 미쇼 씨가 대답했다. 그의 옛 직업이 경찰이었다는 것을 증명이라도 하듯 가차 없이 직설적이었다.

"맞아요! 난 오래전부터 테레즈가 토라져 있다는 걸 알았지요. 나는 그녀의 얼굴이 왜 그렇게 누렇게 떠 있고 슬픔에 잠겨 있는지 잘 압니다. 2년 가까이 독수공방을 했기 때문이지요. 남편이 필요한 겁니다. 그 눈을 보면 알 수 있어요."

옛 경찰서장의 직설적인 말에 라캥 부인은 충격을 받았다. 자기 아들이 죽은 이상 더 이상 조카에게 남편이란 건 존재할 수 없는 걸로 알아왔던 것이다. 그런데 미쇼 씨는 테레즈가 남편이 필요해서 아픈 것이라고, 껄껄 웃음을 터뜨리며 말하고 있지 않은가!

미쇼 씨는 라캥 부인이 고통스러워하건 말건 덧붙였다.

"그녀가 낙엽처럼 말라가는 모습을 보고 싶지 않으면, 가능한 한 빨리 결혼시키세요. 부인, 그러면 다 좋아질 겁니다."

불쌍한 부인은 자기 아들을 두 번 죽이는 것 같아 눈물을 흘렸다. 그녀는 실컷 울고 나서 옛 경찰서장의 말을 곰곰이 생각해보았다. 그녀는 자기 아들을 다시 죽이는 것과 같은 테레즈의 결혼을 통해 약간의 행복을 얻을 수도 있으리라는 생각을 하기 시작했다. 그래, 이렇게 활기 없이 죽은 듯 살아가는 생활에 일종의 자명종이 될 수도 있을 거야. 새롭게 의욕도 갖게 될 거고, 새롭게 할 일들도 생길 거야. 그녀는 어느새 머릿속으로 테레즈의 새로운 남편감을 찾기 시작했고, 온통 그 생각에만 사로잡혔다. 테레즈의 새로운 남편은 무엇보다 자기의 노년을 편하게 만들어줄 사람이어야 했다. 다만 웬 낯선 사람이 갑자기 자기 집안에 들어올 수도 있다는 생각이 그녀를 가장 무섭게 했다.

테레즈가 자기 역할을 충실히 수행하는 동안 로랑은 다정다감하고 헌신적인 역할을 수행하고 있었다. 그는 두 과부 모두에게 신경을 썼다. 특히 라캥 부인을 아주 섬세하게 돌보았다. 차츰차츰 그는 이 가게에서 없어서는 안 될 존재가 되었다. 오로지 그만이 이 어두운 구멍 같은 곳에 활기를 불어넣었다. 그는 회사 일이 끝나는 대로 가게에 와서 그 거리가 닫힐 때까지 머물러 있었다. 그는 자질구레한 심부름도 했고, 자리에 앉아

이러저런 이야기도 했다. 특히 그는 남의 아픔을 자기 아픔으로 여기는 듯, 테레즈 걱정을 많이 했다. 때로는 라캥 부인을 따로 불러서 젊은 부인의 얼굴이 점점 못쓰게 되는 것 같아 걱정이 된다며 그녀에게 은근히 겁을 주었다.

"어쩌면 그녀를 잃을지도 몰라요. 그녀가 병이 들었다는 게 훤히 보이잖아요."

라캥 부인은 그의 말을 듣는 것이 괴로웠다. 로랑은 대담하게 카미유 이야기까지 꺼냈다.

"제 친구의 죽음이 그녀에게 무서운 충격을 준 겁니다. 어떤 것도 그녀를 위로해줄 수 없고 그녀를 치유해줄 수 없어요. 단념하는 수밖에 없어요."

그의 거짓말에 라캥 부인은 눈물을 흘렸다. 그녀는 누군가의 입에서 아들의 이름이 나올 때마다 울음을 터뜨렸다. 그리고 거의 정신을 잃고 아들의 이름을 말하는 사람을 껴안았다. 로랑은 카미유라는 이름이 그녀의 마음에 얼마나 큰 감동과 혼란을 주는지 그 효과를 알아차렸다. 그는 그 이름을 이용해 노파를 자기 손아귀에 넣었다. 그는 매일 저녁, 비위가 상하는 것을 억지로 참으며 카미유가 얼마나 성품이 훌륭했는지, 그의 마음이 얼마나 따뜻했는지 노파에게 이야기하곤 했다. 그는 정말 뻔뻔스럽게 자신의 손으로 해치운 희생자를 칭찬했던 것이다. 노파는 눈물을 흘리면서 로랑이 정말로 좋은 사람이라는 생각을 했다. 그녀는 눈물을 닦고 젊은 남자를 애정 어린 눈으로 바라보며, 로랑이 마치 자신의 친아들 같다는 생각을 하게 되었다.

어느 목요일 저녁, 미쇼와 그리베가 이미 가게 식당에 자리를 잡고 앉아 있을 때였다. 로랑이 들어오더니 테레즈에게 다가가 걱정스러운 표정으로 몸이 좀 어떠냐고 물어보았다. 둘이 가까이서 몇 마디 말을 주고받는 것을 보고 미쇼가 라캥 부인 쪽으로 몸을 기울이며 낮은 목소리로 말했다.

"자, 저만하면 부인 조카의 남편감 아닌가요? 자, 빨리 결혼 시킵시다. 필요하다면 우리가 도와드리리다."

라캥 부인은 갑자기 환한 빛이 비친 것 같은 느낌이었다. 그녀는 로랑과 테레즈가 결혼함으로써 그녀가 얻게 될 유리한 점을 단번에 알아차릴 수 있었다. 우선 낯선 남자를 집안에 들인다는 위험에서 벗어날 수 있었다. 자신이 불행해질 염려도 없었다. 테레즈에게 보호자가 생김으로써 자기는 행복하게 노년을 보낼 수 있게 될 것이며 또한 두 번째 아들을 얻는 셈이 될 것이다. 지난 3년 동안 그가 얼마나 자기 친자식 같은 정을 보여주었는가! 테레즈도 로랑과 결혼하게 되면 카미유를 완전히 잊어버리는 배반 행위를 하지는 않을 것이다.

저녁 내내 도미노를 하면서 늙은 수예품 상인은 따뜻한 눈초리로 그 한 쌍을 바라보았다. 젊은 사내와 여인은 그 눈초리에서 자기들의 연극이 성공해서 드디어 결실을 맺게 되리라는 것을 확신할 수 있었다.

이윽고 가게 문을 닫을 때가 되었다. 미쇼 씨는 잠시 라캥 부인을 따로 부르더니 뭔가 이야기를 나누었다. 미쇼 씨가 로랑을 맡고 라캥 부인이 며느리를 설득하기로 둘은 합의를 보았다.

미쇼 씨는 로랑과 함께 걸으면서 결혼 이야기를 꺼냈다. 로랑은 매우 놀란 듯 손사래를 치며 자기는 그녀를 누이로서 사랑할 뿐이라며 만일 그녀와 결혼한다면 그건 여러 사람을 모독하는 짓과 다름없다고 말했다. 옛 경찰은 강경하게 고집을 부렸다. 라캥 부인의 새로운 아들이 되고 테레즈의 남편이 되는 것이 그의 신성한 의무라고 강하게 말했다. 로랑은 조금씩 설득당하는 척했다. 그는 마치 헌신과 의무 때문에 그 결혼을 받아들이는 것처럼 말했다.

미쇼가 로랑을 설득하는 동안 라캥 부인은 며느리를 설득했다. 테레즈는 재혼은 꿈에도 생각해본 적이 없다면 자기는 언제까지나 카미유의 미망인으로 남겠다고 말했다. 그러자 라캥 부인은 울음을 터뜨리며, 로랑의 이름을 입 밖에 냈다. 그녀는 그가 얼마나 훌륭한 사람인지, 그와 결혼하면 모두에게, 심지어 죽은 자기 아들에게도 얼마나 큰 이익과 명예가 될 것인지 길게 이야기했다. 다소곳이 듣고 있던 테레즈가 말했다.

"저는 로랑을 오빠처럼 좋아해요. 하지만 정 어머니가 원하신다면 그를 남편으로 사랑할 수 있도록 애써보겠어요. 저는 어머니를 행복하게 해드리고 싶었어요……. 저는 그냥 혼자 조용히 울면서 지내려고 했어요. 하지만 어머니 행복을 위해서라면 이제 눈물을 씻겠어요."

그 말과 함께 그녀는 노파를 껴안았다.

다음 날 아침, 미쇼 씨와 라캥 부인은 가게 문 앞에서 결과를 짧게 주고받았다. 그리고 바로 그날 저녁으로 약혼을 시켜버리자고 합의했다.

저녁 5시쯤 로랑이 가게로 들어섰을 때 미쇼 씨는 이미 가게 안에 있었다. 젊은이가 자리를 잡고 앉자마자 옛 경찰서장이 그의 귀에 대고 속삭였다.

"그녀가 받아들였다네."

두 연인은 잠깐 서로 눈길을 마주쳤다. 마치 상의를 하는 듯했다. 둘은 다 망설임 없이 그 제의를 받아들여야 한다는 것을 깨달았다. 로랑은 자리에서 일어나더니 울음을 겨우 참고 있는 라캥 부인의 손을 잡았다.

"사랑하는 어머니, 어제 저녁 미쇼 씨와 함께 어머니의 행복에 대해 이야기를 나누었습니다. 어머니의 자식들은 어머니를 행복하게 해드리고 싶습니다."

가엾은 노파는 '사랑하는 어머니'라는 호칭에 눈물을 쏟고 말았다. 그녀는 힘차게 테레즈의 손을 잡더니 로랑의 손 안에 쥐어주었다. 그녀는 아무런 말도 할 수 없었다. 로랑이 잠시 손을 잡고 있더니 라캥 부인을 향해 몸을 돌리고 말했다. 얼굴빛이 창백했다.

"카미유가 물에 빠지면서 제게 외쳤습니다. '내 아내를 구해줘!'라고. 테레즈와 결혼하는 게 그 친구의 소원을 들어주는 것이라고 생각합니다."

테레즈는 그 말을 듣고 로랑에게서 손을 뺐다. 마치 가슴에 무슨 충격을 받은 것 같았다. 그녀는 로랑의 뻔뻔스러움에 질렸던 것이다. 그녀는 멍청한 눈길로 그를 바라보았다. 그때 라캥 부인이 오열하며 더듬거리듯 말했다.

"그래, 그래, 저 애와 결혼해줘. 저 애를 행복하게 해줘. 내 아들이 저 무덤 속에서 기뻐할 거야."

미쇼 씨도 감격의 눈물을 흘리며 로랑을 테레즈에게 밀어붙이면서 말했다.

"자, 키스해. 이게 자네들 약혼식이야."

로랑은 젊은 과부의 뺨에 입술을 대면서 뭔가 거북함을 느꼈다. 테레즈는 그의 입술이 뺨에 닿자 뜨거운 불에 데기라도 한 듯 화들짝 뒤로 물러섰다. 그것은 로랑이 사람들 앞에서 테레즈에게 해준 첫 번째 키스였다. 그녀의 피가 온통 얼굴로 몰렸다. 그 전에 간통을 저지르면서도 한 번도 부끄러워하지 않던 그녀였건만 지금은 왠지 얼굴이 화끈 달아올랐다.

드디어 그들의 결혼이 결정되었다. 그들이 그토록 오랫동안 노려왔던 목표를 이룬 것이다. 모든 것이 그날 저녁 다 정리되었고 다음 주 목요일에는 그리베와 올리비에 부부에게 그들이 결혼했음이 통고되었다.

이제 몇몇 절차만이 남았다. 로랑은 아버지의 동의를 얻기 위해 고향에 편지를 썼다. 파리에 자기 자식이 있는지 없는지 관심도 없던 죄포스의 농부는 결혼하든지 목을 매달아 죽든지 마음대로 하라고, 짤막하게 서너 줄의 답장을 보냈을 뿐이었다. 다시는 돈 한 푼 줄 생각이 없으니 무슨 지랄을 해도 상관없다는 식의 편지를 받고 로랑은 마음이 몹시 불편했다.

라캥 부인도 그 편지를 읽었다. 상궤에서 벗어난 로랑의 아버지 행태에 화가 난 그녀는 어리석은 짓을 저지르고 말았다. 4만 프랑이 조금 넘는 자기의 전 재산을 모두 테레즈에게 넘겨 주었던 것이다. 아무튼 그것만으로도 세 명이 살기에는 충분했다. 그 돈과 가게 수입으로 그들은 편히 살 수 있었고 행복할 수 있는 충분한 조건을 갖추고 있었다.

모두들 서둘러 결혼을 준비했고 절차를 가능한 한 간소화했다. 모두 한시바삐 로랑을 테레즈의 방에 넣고 싶어 하는 것 같았다. 드디어 둘이 간절히 바라던 날이 왔다.

제18장

그날 아침, 로랑과 테레즈는 각자 자기 방에 있었다. 둘은 모두 기쁨에 젖어 있었다. 이유는 단 한 가지였다. 공포스러운 밤이 끝나리라는 희망에서였다. 이제는 혼자 자지 않아도 되었다. 둘이 힘을 합쳐 익사자를 막아낼 수 있으리라!

테레즈는 주변을 둘러본 후 큰 침대를 바라보며 야릇한 미소를 지었다. 그녀는 자리에서 일어나 천천히 옷을 입었다. 일찍 쉬잔이 와서 그녀의 결혼식 치장을 도와주기로 되어 있었다.

로랑은 잠자리에서 일어나 앉았다. 그는 얼마간 그렇게 앉은 채로 누추한 자신의 다락방에 안녕을 고했다. 마침내 이 개집 같은 곳을 떠나 한 여자를 갖게 된 것이다. 12월이라 날씨가 추웠다. 그는 오늘 저녁이면 따뜻한 곳에서 잠을 자게 되리라고 생각하고 침대에서 뛰어내렸다.

라캥 부인이 그가 돈이 몹시 궁한 것을 알고 1주일 전에 그에게 500프랑이 들어 있는 지갑을 건네주었다. 그녀가 아끼고 아껴 모은 돈이었다. 로랑은 버젓이 그 돈을 받아서 새 옷을 사 입었고 테레즈에게 줄 결혼 선물을 준비했다.

그는 세수를 하고 화장을 한 후 새 옷을 입었다. 윗도리의 칼라가 빳빳해서 목이 좀 아팠다. 그는 거울 앞에 서서 고개를 들어보았다. 카미유가 문 벌건 자국이 아직 생생하게 남아 있었다. 칼라에 긁혀 상처가 조금 벗겨져 있었다. 바로 이런 날 그 상처가 눈에 띄고 아픔을 준다는 게 무서웠고 그 때문에 그는 흥분이 되었다. 상처가 아파서 고개를 돌리기도 어려웠다. 그는 마치 주삿바늘에 찔리는 것 같은 아픔을 느끼며 마차를 타고 테레즈에게 갔다.

가는 길에 그는 증인으로 나설 오를레앙 철도 회사 직원 한 명과 미쇼 노인 집에 들렀다. 셋이 가게에 도착했을 때 테레즈의 증인이 되어줄 그리베와 올리비에가 이미 도착해 있었고 쉬잔은 마치 자신이 방금 옷을 입혀준 인형을 바라보듯 테레즈를 바라보고 있었다. 라캥 부인은 걸음을 걸을 수 없는 형편이었지만 함께 가기를 원했다. 사람들이 그녀를 겨우 마차에 태웠고 일행은 출발했다.

그들은 제시간에 구청과 교회에 도착해서 결혼식을 마쳤다. 사람들은 신랑 신부가 점잖고 겸손하다며 칭찬했다. 신랑 신부는 눈을 마주치지도 못했다. 이윽고 둘이 마차에 올랐을 때, 마치 둘은 서로에게 낯선 사람처럼 여겨졌다.

피로연은 저녁 때 벨빌 고지대에 있는 작은 식당에서 열리기로 되어 있었다. 미쇼 씨 가족들과 그리베만 초청한 조촐한 피로연이었다. 저녁 6시가 되기를 기다리며 젊은 부부는 마차를 타고 계속 거리를 돌아다녔다. 시간이 되자 그들은 일곱 명 분의 식사가 준비되어 있는 싸구려 식당으로 들어갔다.

피로연 자리는 명랑했다. 하지만 신랑 신부는 심각한 표정으로 생각에 잠겨 있었다. 그리고 그들이 그토록 원하던 것, 그들을 영원히 맺어준 의식이 너무 빨리 진행된 것에 얼떨떨해 있는 것 같기도 했다. 서로 마주 보고 자리 잡은 두 사람은 억지로 미소를 지었다.

그들은 거의 기계처럼 먹고 대답하고 사지를 움직였다. 그들은 그들이 결합했다는 실감이 나지 않았다. 금세라도 누군가 그들을 난폭하게 떼어 놓고 둘을 서로 멀리 멀리 던져놓을 것만 같았다.

제18장

그렇다. 그토록 오랜 기다림 속에서 그들의 욕망은 시들어버렸고, 과거는 사라져버렸다. 그들은 관능적 욕구를 잃었고, 그날 아침에 느꼈던 기쁨, 더 이상 공포는 없으리라는 기쁨도 잊어버렸다. 그들은 거기 그냥 그렇게, 그 어느 것도 기다리지 않고, 그 어느 것도 희망하지 않으면서, 기계적 미소를 띤 채 말없이 있었다. 그들은 그렇게 짓눌린 상태에서, 저 밑바닥 어딘가 고통스러운 불안이 꿈틀대는 것을 느끼고 있었다.

로랑은 몸을 움직일 때마다 살이 물어뜯기는 것 같은 심한 고통을 느꼈다. 구청장이 결혼서약문을 읽는 동안에도, 신부가 하느님 이야기를 하는 동안에도, 이 긴 하루 동안 익사자의 이빨이 피부 깊숙이 파고드는 것을 느꼈다. 피가 가슴 위로 흘러내려 자신이 입은 하얀 조끼를 물들이는 것같이 느꼈다.

신랑 신부가 말없이 신중한 모습으로 있는 것을 보고 라캥 부인은 내심 기뻤다. 그들이 너무 기뻐했다면 그녀는 상처를 입었을 것이다. 그녀의 생각으로는 비록 보이지는 않지만 아들이 그곳에 있어서, 테레즈를 로랑의 손에 넘겨주는 것 같았다.

모두들 일찍 식탁에서 일어났다. 그들은 모두 신방까지 함께 가보고 싶었다. 그들이 모두 가게로 돌아왔을 때는 겨우 9시 반이었다. 모조 보석을 파는 여인이 여전히 자기 가게 구석에 앉아 있었다. 그녀는 머리를 들고 야릇한 미소를 띤 채 신혼부부를 바라보았다. 신혼부부는 그녀의 시선과 마주치자 겁에 질렸다. 아마도 그녀는 전에 로랑이 몰래 샛길로 들어서는 것을 보았고, 그래서 둘의 밀회를 알고 있었는지도 모른다.

집으로 들어간 테레즈는 쉬잔의 도움으로 결혼 첫날밤 화장을 했다. 남자들과 함께 식당에 남아 있던 로랑은 그리베와 미쇼 씨가 나누고 있는 농담을 말없이 듣고 있었다. 라캥 부인이 방에서 나오며 신부가 기다리고 있다고 말했을 때 로랑은 몸서리를 쳤다.

그는 한순간 정신이 나간 것처럼 그대로 앉아 있었다. 그는 누군가 그에게 내민 손을 꼭 잡고 마치 술에 취한 것처럼 비틀거리면서 문에 몸을 기댄 채, 테레즈의 방으로 들어갔다.

제19장

　로랑은 조심스럽게 문을 닫았다. 그는 잠시 문에 몸을 기댄 채, 불안하고 당황한 표정으로 방 안을 들여다보고 있었다.

　벽난로에서 불이 밝게 타오르고 있었다. 라캥 부인은 신혼부부의 방에 향수를 뿌리고 정성을 다해 아름답게 꾸며놓았다. 하지만 방 안은 일종의 마비 상태에 빠진 듯, 조용하게 가라앉아 있는 것 같았다.

　테레즈는 벽난로 오른쪽 낮은 의자에 앉아 있었다. 그녀는 턱을 손에 괸 채 타오르는 불꽃을 바라보고 있었다. 그녀는 로랑이 들어왔어도 고개를 돌리지 않았다. 속치마와 레이스가 수놓인 캐미솔만 입고 있는 그녀의 모습은 붉은 불빛과 대비되어 더욱 하얗게 보였다. 이어서 캐미솔이 미끄러져 내렸고 검은 머리카락 다발에 가려진 어깨 끝이 드러났다.

로랑은 아무 말 없이 몇 발자국 옮겼다. 그는 겉옷과 조끼를 벗어던졌다. 셔츠 바람이 되자 그는 고개를 숙여 테레즈의 벗은 어깨에 입을 맞추었다. 그러자 테레즈가 갑자기 고개를 돌리면서 어깨를 빼냈다. 그녀가 이상하게 혐오감과 공포에 사로잡힌 시선을 그에게 던지자 그도 갑자기 공포에 사로잡혔다.

로랑은 테레즈와 마주 앉았다. 그들은 그렇게 말없이 꼼짝하지 않은 채, 5분여를 앉아 있었다.

거의 두 해 전, 두 연인은 남들 몰래 바로 이 방에서 서로에게 몸을 던졌었다. 테레즈가 로랑의 다락방으로 찾아왔던 그날, 둘이서 살인을 공모하던 그날 이래로 둘은 사랑의 밀회를 갖지 않았다. 그들은 이따금 손을 마주 잡거나, 짧은 키스만 나누었을 뿐이었다.

카미유를 죽인 후, 그들은 모든 의심에서 벗어나 미칠 듯 서로를 탐할 수 있게 될 결혼을 기다렸다. 그리고 드디어 둘이 결혼을 했다. 그런데 그들은 이렇게 어색하게 서로의 얼굴만 바라보고 있었다.

그들은 이전에 자신들을 불태웠던 정열을 조금이라도 찾아보려고 애썼다. 그러나 마치 그들의 육신에서 근육도 신경도

제19장

129

사라져버린 것만 같았다. 그들의 당혹감과 불안함이 점점 더 커졌다.

로랑은 애정을 되살리기 위해 상상력을 발휘해서 이전에 그들이 나누었던 사랑에 대해 말하기 시작했고, 이전의 기억을 상기시키려 애썼다.

그가 테레즈 쪽으로 몸을 기울이고 말했다.

"테레즈, 이 방에서 함께 지내던 날 오후 생각나? 이제 우리는 자유롭게 된 거야. 우리는 이제 마음 편히 서로 사랑할 수 있게 된 거야."

그의 목소리에는 힘이 없었고 뭔가 주저하는 듯했다. 젊은 여인은 여전히 불꽃만 바라보고 있었다. 무언가 생각에 잠겨 그의 말은 듣지도 않는 것 같았다. 로랑이 말을 이었다.

"생각나? 내가 꿈꾸듯 원했던 거…… 하룻밤을 온통 당신과 함께 보내고 싶었지. 당신 팔에 안겨 잠을 자고, 다음 날 당신 입맞춤을 받으며 깨어나기를 원했지…… 이제 그 꿈을 이룬 거야."

그제야 테레즈는 고개를 돌려 로랑을 바라보았다. 불빛을 받아 마치 피처럼 붉은 그의 얼굴을 보고 그녀는 몸을 떨었다.

로랑은 더욱 불안한 어조로 말을 계속했다.

"테레즈, 우린 성공한 거야. 이제 미래는 우리 거야. 안온한 행복에 잠길 미래…… 마음껏 사랑할 수 있는 미래……. 이제 카미유는 없어."

그의 입에서 카미유의 이름이 나오자 테레즈는 속으로 충격을 받은 것 같았다. 두 살인자는 얼이 빠진 채, 창백한 얼굴로 몸을 떨며 서로를 바라보았다.

돌아보기 싫은 추억의 끈이 풀려버렸다. 카미유의 유령이 타오르는 불꽃을 마주하고 신혼부부 사이에 앉았다. 테레즈와 로랑은 그들이 숨 쉬고 있는 더운 공기 속에서 익사자의 차갑고 축축한 냄새를 맡았다. 그러자 그 끔찍한 범죄 장면이 그들 눈앞에 펼쳐졌다. 그 이름 하나만으로도 그들은 온통 과거에 사로잡혔고, 다시 살인자의 고통 속에 놓이게 된 것이다.

로랑은 그 끔찍한 기억을 쫓아내기 위해 테레즈로부터 눈길을 돌리고 방 안을 걷기 시작했다. 그런 후 다시 의자에 앉아 사소한 이야기들을 꺼내기 시작했다.

테레즈는 그가 왜 그러는지 이해할 수 있었다. 그는 그가 꺼낸 사소한 이야기에 대답하려 애썼다. 그들은 날씨에 대해 이야기했다. 억지로 평범한 이야기를 나누고 싶었다. 로랑이 방이 너무 덥다고 말하자 그녀는 그래도 창문 틈을 통해 시원한 바

제19장

131

람이 들어온다고 대답했다. 그는 장미에 대해, 불에 대해, 눈앞에 보이는 모든 것에 대해 이야기를 했다. 그리고 서로에 대해 초연한 태도를 가지려고 애썼다. 그들은 지금 그들이 처한 처지를 잊고 우연히 마주친 낯선 사람들처럼 서로를 대하려고 애썼다.

하지만 그들은 그런 공허한 이야기를 나누면서도 여전히 카미유 생각에 잠겨 있었다. 그들의 눈은 끊임없이 과거의 이야기를 하고 있었다. 결국 그들의 생각은 시체 공시소에 누워 있던 카미유의 시체에까지 이르렀다. 순간 테레즈가 참을 수 없다는 듯 갑자기 큰 소리로 로랑에게 말했다.

"당신, 시체 공시소에서 그를 봤지?"

"그래."

그가 마치 목이 조이는 것 같은 목소리로 대답했다.

"고통스러워하는 것 같았어?"

로랑은 괴로운 생각을 떨쳐버리려는 듯 고통에 찬 몸짓을 했다. 그는 자리에서 일어나더니 침대 쪽으로 걸어갔다가 다시 두 팔을 벌린 채 테레즈에게 왔다. 그리고 목을 내밀며 말했다.

"내게 키스해줘."

테레즈도 의자에서 일어났다. 밤 화장으로 더욱 창백해 보였다. 그녀는 벽난로의 대리석 위에 팔꿈치를 짚은 채, 반쯤 몸을 돌려 로랑의 목을 바라보았다. 그의 하얀 목에서 그녀는 장밋빛 상처를 보았다. 로랑이 흥분해 있어서 상처는 더욱 붉게 보였다.

테레즈는 그의 입술을 피하면서 카미유가 문 상처에 손가락을 대고 말했다.

"이게 뭐야? 당신에게 그런 상처가 있는 줄 몰랐는데……."

상처에 닿은 테레즈의 손가락이 마치 자신의 가슴을 관통하는 것 같아, 로랑은 황급히 뒤로 물러섰다. 주저하는 마음이 들었지만 거짓말은 할 수 없었다.

"이거? 그래……, 카미유가 문 거야. 보트에서……. 하지만 지금은 아무렇지도 않아. 다 나았어. 자, 어서 키스해줘."

그는 테레즈를 향해 목을 내밀었다. 그녀가 거기 입맞춤을 해주면 살을 에는 듯한 아픔이 깨끗이 가시리라고 그는 기대했다. 테레즈는 혐오스럽다는 몸짓을 하며 외쳤다.

"오! 거긴 싫어요! 피가……, 피가 나잖아!"

그녀는 두 손으로 얼굴을 가린 채 다시 의자에 쓰러지듯 앉았다. 로랑은 얼떨떨한 모습으로 그 자리에 서 있었다. 그러다 그는 갑자기 야수처럼 테레즈의 머리를 잡더니 상처 위에 그녀

제19장

133

의 입술을 갖다 댔다. 테레즈는 소리 없이 흐느꼈다. 그녀는 로랑의 목 위에서 질식한 듯 가만히 있었다. 잠시 후 그녀는 로랑의 손아귀에서 빠져나오자 요란하게 입술을 닦더니 벽난로에 침을 뱉었다. 단 한 마디 말도 없었다.

로랑은 천천히 창문을 향해 걸어갔다. 억지로 강요한 입맞춤이 그의 기를 오히려 꺾어놓았다. 무슨 일이 있더라도 두 번 다시 그런 입맞춤을 받지는 않으리라고 그는 생각했다. 그만큼 부끄럽고 고통스러웠다. 그는 그가 앞으로 함께 살아가게 될 여자, 그에게 등을 돌린 채 불가에 쪼그리고 앉아 떨고 있는 여자를 바라보았다. 자기는 이제 이 여자를 사랑하지 않으며 그녀도 자기를 결코 사랑하지 않으리라고 그는 반복해 생각했다. 그렇게 한 시간 가까이 테레즈는 맥을 놓고 있었고 로랑은 하릴없이 방 안을 서성거렸다. 둘 다, 그들의 정념은 죽었음을, 카미유를 죽임으로써 그들의 욕망도 죽었음을 고통스럽게 자인할 수밖에 없었다. 벽난로 불빛이 사위어가고 있었고, 장밋빛 불덩어리 하나가 재 속에서 빨갛게 빛나고 있었다.

그때였다. 로랑은 갑자기 무슨 환영을 본 것만 같았다. 그는 창문에서부터 침대로 걸어오면서 카미유의 얼굴을 보았던 것이다. 그 얼굴은 벽난로와 옷장 사이 어두운 구석에 있었다. 시체 공시소에서 보았던 것처럼 푸르죽죽하고 경련이 일어난 것 같은 얼굴이었다. 그가 얼굴이 파랗게 질린 채 숨을 헐떡이자 테레즈가 자리에서 일어났다. 그가 더듬더듬 겁에 질린 목소리로 말했다.

"저기……. 저기……."

그는 손가락으로 카미유의 흉측한 얼굴이 보이는 곳을 가리켰다. 겁에 질린 테레즈는 그의 곁으로 와서 몸을 찰싹 붙였다. 그 얼굴을 본 그녀가 낮은 목소리로 말했다. 마치 그녀의 말을 옛 남편이 듣는 것만 같았다.

"그건, 그건 그의 초상화예요."

"그의 초상화?" 로랑이 더듬더듬 되풀이했다.

"그래요. 당신이 그린 거잖아. 오늘부터 고모가 자기 방에 걸어놓겠다고 했어요. 그런데 깜빡 잊고 아직 여기 걸어둔 거야."

그는 자기가 직접 그린 그림을 다시 바라보기가 싫었다. 무서웠다. 그가 그린 초상화의 눈은 자기가 공시소에서 본 카미유의 시체의 눈과 너무나 비슷했다. 그는 당장 그 초상화를 떼어버리고 싶었다. 하지만 그는 무서워서 그림 가까이 갈 수 없었다. 하지만 테레즈와의 첫날밤을 카미유가 두 눈 시퍼렇게 뜨고 바라보고 있다는 환각에 미칠 듯한 공포와 절망에 빠졌

제19장

다. 거의 머리가 돌아버릴 지경이었다.

그때였다. 무언가 긁는 것 같은 소리가 들렸다. 그는 얼굴이 무섭게 창백해졌다. 그 소리는 계단으로 향하는 작은 문 앞에서 나고 있었다. 전에 로랑이 드나들던 계단이었다. 그는 공포에 사로잡힌 테레즈를 바라보며 중얼거렸다.

"계단에 누군가 있어. 저리로 누가 왔을까?"

젊은 여자는 대답하지 않았다. 둘 다 카미유를 생각하고 있었다. 식은땀이 관자놀이에 흘러내렸다. 그들은 문이 갑자기 열리며 방바닥에 카미유의 시체가 철썩하고 떨어질 것 같은 공포에 사로잡혔다.

소리는 점점 더 둔탁하게 불규칙적으로 울리고 있었다. 그들은 그들의 희생자가 안으로 들어오려고 손톱으로 문을 긁고 있다고 생각했다. 거의 5분가량 그들은 꼼짝도 못 하고 있었다.

이윽고 야옹하는 소리가 들렸다. 라캥 부인의 얼룩 고양이 프랑수아였다. 어쩌다 방에 갇혀 있던 고양이가 밖으로 나가려고 문을 긁고 있었던 것이다.

프랑수아는 로랑을 겁냈다. 고양이는 의자 위로 벌떡 뛰어올라 털을 곤두세우고 사나운 얼굴로 새 주인을 정면으로 바라보고 있었다. 로랑은 고양이를 싫어했다. 또한 고양이가 카미유의 복수를 위해 그의 얼굴로 뛰어들 것만 같았다. 그가 고양이를 한 발로 차려고 다가가자 테레즈가 소리쳤다.

"때리지 말아요!"

그녀의 외침이 그에게 이상한 느낌을 주었다. 동시에 그는 터무니없는 생각에 사로잡혔다.

'카미유가 저놈 몸 안으로 들어온 거야. 저놈을 죽여야겠어. 꼭 사람 상판대기 모양이잖아.'

그리고 그와 테레즈가 환락에 빠져 있을 때, 저 고양이가 그들의 불륜을 폭로할 것이라고 테레즈가 던진 농담이 생각났다.

하지만 그는 고양이에게 발길질을 하지 않았다. 그렇게 하면 꼭 고양이가 카미유의 목소리로 말을 할 것만 같았다. 그는 다시 생각했다.

'암튼 저놈은 너무 많은 걸 알고 있어. 창문 밖으로 던져버려야겠어.'

하지만 도저히 고양이를 직접 잡을 용기가 나지 않았다. 그는 식당으로 향하는 문을 열어주었고 고양이는 쏜살같이 달아났다.

테레즈는 다시 꺼진 불가에 앉았다. 로랑은 다시 침대로부터 창가로 걸어갔다. 그들은 그렇게 날이 밝기를 기다렸다. 둘 다

제19장

137

잠자리에 들 엄두를 내지 못했다. 그들은 둘이 한곳에 갇혀 있다는 것, 둘이 같은 공기를 숨 쉬고 있다는 것이 너무나 거북했다. 그들에게는 이 숨 막히는 방에서 나가고 싶다는 욕망밖에 없었다. 누군가 와서 그들이 서로 마주보지 못하게 해주기를, 이런 거북한 상태에서 그들을 꺼내주기를 간절히 바라고 있었다.

둘 사이의 기나긴 침묵이 정말로 괴로웠다. 그 침묵 속에는 쓰디쓰고 절망적인 탄식과 서로를 비난하는 눈길들이 뒤섞여 있었다.

로랑과 테레즈의 결혼 첫날밤은 그렇게 지나갔다.

제20장

다음 날 밤은 더욱더 견디기 어려웠다.

살인자들은 그들이 살해한 자로부터 자신들을 보호하기 위해 밤에 둘이 함께 있게 되기를 바랐다. 그런데 어찌 된 일인지 둘이 함께 있게 되면 더욱 몸이 떨리는 것이었다. 하찮은 말이나 간단한 시선을 주고받으면서 그들의 공포와 고통은 더욱 심해졌다.

테레즈의 무뚝뚝하고 신경질적인 기질은 로랑의 둔감하면서 다혈질적인 성격에 묘한 작용을 했다. 이전에 둘이 정념에 사로잡혀 있을 때는 그렇게 상반되는 성격이 서로에게 균형을 맞춰주면서 둘을 긴밀하게 맺어주었다.

그런데 지금은 그 균형에 이상이 생겼다. 테레즈의 과민한 신경이 지배력을 발휘하게 된 것이다.

로랑은 테레즈를 만나기 전에는 둔했으며 신중했고 농부의 아들답게 다혈질적이었다. 그는 아무렇게나 잠자고 먹었고 마셨다. 그 둔한 육신 속에서 가끔 간지럼 같은 것을 느끼긴 했지만 드문 일이었다. 테레즈는 바로 그 간지럼을 사납게 흔들어버린 것이다. 그는 자신의 기름지고 물컹한 몸속에 놀라운 감수성을 지닌 신경 시스템을 장착하게 된 것이다.

이제 로랑은 마치 겁에 질린 어린애처럼 그늘 한구석에서 떨게 되었다. 예민하고 험한 새로운 존재가 둔하고 멍청하던 농부의 모습을 그에게서 몰아내고, 그를 신경질적인 존재로 태어나게 했고 공포와 불안에 떨게 만들었다. 마침내 매사에 무심하던 그 존재에게 불면증이 찾아왔고 환각이 보이는 데까지 이르렀다.

그러나 그의 고통과 불안은 정신적인 것이 아니라 순전히 육체적인 것이었다. 죽은 카미유에 대해 공포를 느끼는 것은 오로지 그의 육신이었고 신경 시스템이었다. 그의 의식은 그런 공포와 아무 상관이 없었다. 그는 카미유를 죽인 데 대해 아무런 뉘우침도 없었다. 그는 더 이상 유령에 시달리지 않고 마음이 가라앉게만 된다면, 자신의 이익을 위해 똑같이 살인을 저지를 수도 있는 인간이었다. 그래서 낮이 되면 공포에 사로잡혀 있던 지난밤의 자신을 비웃으며 기운을 내자고 스스로 다짐하곤 했다. 그는 말하자면 신경증이라는 육체적 병에 걸린 것이었다. 테레즈의 정념이 그에게 무서운 병을 옮겨준 것이다.

테레즈 역시 심하게 흔들리고 있었다. 하지만 그녀의 경우는 그녀가 본래 지닌 기질이 과도하게 발휘되었을 뿐, 그녀 자신이 근본적으로 변한 것은 아니었다. 그녀가 로랑에게 충격을 주었듯이 로랑은 그녀에게 충격을 주었다. 그러나 그 충격은 그녀가 지니고 있던 무뚝뚝하면서도 관능적인 기질을 야성적으로 폭발시킨 충격이었지, 그녀의 기질 자체를 바꾼 것은 아니었다. 자신의 정열을 과도하게 폭발시킨 결과 그녀는 일종의 마비 상태에 빠졌고, 마음속으로 은근히 자신이 했던 일을 후회하기도 했다.

그들은 밤에 도저히 잠을 이룰 수 없었다. 그들은 신혼 첫날밤처럼, 한 사람은 불가에 앉아서, 또 한 사람은 방 안을 서성이며 날이 밝기만 기다렸다. 침대에 둘이 나란히 눕는다는 생각만 해도 무서운 혐오감이 일었다. 너무 피곤하면 그들은 안락의자에 앉아 한두 시간 눈을 붙였다. 그러다가는 다시 무서운 악몽에 사로잡혀 소스라쳐 깨어나곤 했다.

그들이 마주 앉은 불가에는 꽤 넓은 공간이 있었다. 그들의 공포가 절정에 달했을 때 그들은 의자를 끌어와 그곳에 앉는 카미유의 환상을 보았다. 그들이 신혼 첫날밤 본 카미유의 환영은 거의 매일 찾아왔다.

젊은 부부는 1주일간을 그런 식으로 밤을 꼬박 새웠다. 둘 다 서로에게 자신의 공포심을 감추고 있었다. 1주일을 그렇게 지내다보니 젊은 부부는 피곤해서 견딜 수 없었다. 결국 부부는 침대에 누워 잠을 청해보기로 결정했다.

부부는 옷을 벗지 않은 채 행여 살이라도 맞닿을까 두려워하며 침대에 그대로 쓰러졌다. 당연히 둘 사이에는 넓은 공간이 생겼다. 그런데 바로 그곳에 카미유의 시체가 누워 있는 것이 아닌가! 그 시체는 푸르스름했고 시체가 썩는 역겨운 냄새를 풍겼다. 마치 로랑이 테레즈를 껴안는 것을 방해하는 것 같았다. 둘은 서로 등을 돌린 채 떨고 있었다.

그러던 어느 날 로랑이 침대에 누워 덜덜 떨고 있는 테레즈에게 화를 내며 말했다.

"왜 그렇게 떠는 거야? 카미유가 무서운 거야? 그자는 죽었잖아. 당신은 정말 바보야! 원 그렇게 용기가 없는 거야? 내가 당신과 누워 있다고 당신 전 남편이 찾아와 당신 다리를 잡아

당길 것 같다는 거야?"

테레즈는 이불 속에 머리를 처박은 채 고통스러운 신음 소리만 냈다.

"그자가 성가셔서 물에 처박은 거잖아! 필요하다면 또 던져 버리면 되지, 안 그래? 그러니 제발 그렇게 어린애처럼 굴지 마. 자, 와서 나를 안아줘!"

테레즈는 미친 듯 로랑에게 입을 맞추었다. 로랑도 그녀처럼 떨고 있었다.

로랑은 다시 그렇게 나타난 카미유를 어떻게 하면 영영 죽일 수 있을지 2주일 내내 궁리했다. 그를 분명히 물에 던져 넣었는데 이렇게 매일 밤 찾아와 자기와 테레즈 사이에 눕다니! 그렇다! 테레즈는 과부가 아니었다. 로랑은 익사자를 남편으로 갖고 있는 여자의 남편이 된 것이었다.

차츰차츰 로랑은 심한 광증에 빠졌다. 그는 침대에서 카미유를 몰아내기로 결심했다. 테레즈를 소유하기 위해서 한 결혼인데 죽은 자 때문에 그녀 곁에 가지도 못하다니! 그는 몹시 화가 났다. 화가 난 덕분에 그는 비겁함을 극복하고, 잊었던 기억을 되찾았다. 그래, 아내를 껴안음으로써, 악몽을 쫓아낼 수 있다고 생각하고 결혼한 것 아닌가! 그러자 그는 어느 날 밤, 익사자의 몸을 넘어야만 한다는 위험을 무릅쓰고 그녀를 격렬하게 끌어안았다.

테레즈 역시 극단의 상태에 처해 있었다. 이 괴로움에서 벗어날 수만 있다면 불속에라도 뛰어들고 싶었다. 그녀는 남자의 애무에 의해서 불타버리거나, 그 애무에 의해 위안을 발견할 수도 있으리라 생각하고 그의 포옹을 받아들였다.

그들은 서로 무섭게 포옹했다. 그들을 그렇게 포옹하게 해준 것은 욕망이 아니라 고통과 공포였다. 그들의 입맞춤은 잔인할 정도였다. 테레즈는 입술로 로랑의 목에 나 있는 상처를 찾았다. 그리고 흥분한 자신의 입술을 그곳에 갖다 댔다. 너무나 생생한 상처였다. 이 상처가 아물면 둘은 조용히 잠들 수 있으리라. 그녀는 애무의 불꽃으로 그 상처를 지우려 했다. 그러나 타오르는 것은 상처가 아니라 그녀의 입술이었다. 로랑은 무거운 신음 소리를 내며 그 상처에서 테레즈를 거칠게 떼어냈다. 마치 자기 목에 뜨거운 쇠를 갖다 대는 것 같았기 때문이었다. 테레즈는 미친 듯 다시 상처로 덤벼들었다. 카미유의 이빨이 들어갔던 그 상처에 입을 대면서 일종의 쾌감을 느꼈다.

한순간 그녀는 남편의 그 상처 자리를 더 넓고 깊게 깨물고 싶다는 욕망을 느꼈다. 더 큰 살 조각을 떼어내어 그 전 상처 자리를 덮어버리고 싶었다. 자기 자신의 이빨 자국을 그 자리에서 보게 되면 무섭게 질리지 않을 것 같았다. 하지만 로랑은 고통이 심해 그녀가 상처로 입술을 가져올 때마다 그녀를 저지하고 피했다. 그들은 두려움에 휩싸인 애무를 나누면서 그렇게 버둥거리듯 서로 싸웠다. 하지만 더욱 격렬하게 포옹을 하면 할수록 혐오감이 더 커졌고 더 고통스러웠다. 격렬한 입맞춤을 하고 있는 동안에도 카미유가 그들의 발을 잡아당기고 침대를 거세게 흔드는 것만 같았다.

혐오감에, 신경을 죄어 오는 고통에 그들은 포옹을 풀었다. 그러나 그들은 지고 싶지 않았다. 그들은 다시 포옹했고 붉은 꼬챙이가 사지를 뚫고 들어오는 것 같아 다시 떨어져야만 했다. 정말 미친 듯한 싸움이었다. 그들은 그 싸움에서 자신들의 육체를 이겨내고 싶었다. 그러다가 결국 더 심한 발작에 빠져 물러나곤 했다.

거의 온몸과 정신을 불태우다시피 한 두 남녀는 각기 침대 가장자리에 누워 흐느끼기 시작했다. 그들은 그렇게 흐느끼면서, 의기양양한 익사자의 승리의 웃음소리가 들리는 듯했다. 그들은 그를 침대에서 쫓아낼 수 없었다. 그들은 둘 사이를 영원

히 갈라놓을 차가운 시체의 존재를 생생하게 느끼면서 피눈물
을 흘렸다. 그들은 자신들이 앞으로 어찌 될 것인지 고통스럽
게 속으로 되물었다.

제21장

둘의 결혼을 앞장서서 주선했던 미쇼 씨가 바라던 대로 목요일 저녁은 다시 활기를 되찾았다. 더 이상 카미유에 대한 기억은 그 자리에 없었다. 그들을 얼어붙게 만들었던 죽은 남편의 유령은 살아 있는 남편에 의해 쫓겨났다. 미쇼 씨는 지난 1년 6개월 동안 라캥 부인을 위로한다는 핑계로 그곳에 왔지만, 이제 그런 위선은 집어치우고 도미노를 즐기러 올 수 있었다.

고통 속에서도 그 고통에서 벗어날 방법을 함께 찾던 부부가 완전히 갈라서게 된 것은 바로 그 무렵이었다.

아침이 되어 밝은 해가 지난밤의 공포를 쫓아내면 로랑은 황급히 옷을 입었다. 그는 식당에서, 테레즈가 마련해준 큰 잔의 카페오레를 눈앞에 두고서야 겨우 마음이 가라앉았다. 꼼짝할 수 없게 된 라캥 부인은 아래층 가게로 내려가지 못한 채, 어머니의 자애로운 미소를 띠고 그가 커피를 마시며 빵을 먹는 것을 보고 있었다. 로랑은 커피를 마시고 빵을 먹은 후, 코냑 한 잔을 마신 후에야 완전히 생기를 되찾았다.

그는 저녁에 보자고 건성으로 인사를 건넨 후 집을 나서서 어슬렁거리며 사무실로 향했다. 그는 4월과 5월의 하늘에서 내려오는 젊은 생명의 숨결을 한껏 들이마셨다. 그는 양지를 찾아 걸음을 멈추고는 은빛으로 반짝이는 센강을 바라보았다. 그럴 때면 물론 더 이상 카미유 생각은 하지 않았다. 안정을 되찾은 그는 사무실로 가서 하루 종일 하품을 하며 퇴근을 기다렸다. 그러면서 어서 직장을 그만두고 아틀리에를 하나 빌리겠다는 생각에 사로잡혔다. 그는 게으른 새로운 생활을 꿈꾸고 있었다.

저녁이 되면 그는 어쩔 수 없이 무거운 마음으로 퐁-뇌프 소로의 거리로 돌아와야만 했다. 발걸음을 아무리 늦추어도 소용없었다. 어쨌든 그곳으로 가지 않을 수는 없었다. 그곳에서는 공포가 그를 기다리고 있었다.

테레즈도 똑같은 기분이었다. 로랑이 곁에 없으면 마음이 편했다. 그녀는 집 안을 너무 더럽게 내버려둔다며 가정부도 내

보냈다. 자기가 직접 안팎을 깨끗이 치우겠다는 생각에서였다. 사실은 쉴 새 없이 걷고 움직이면서 뻣뻣해진 사지를 기진맥진하게 만들고 싶어서였다. 그녀는 매일 아침 쉬지 않고 돌아다니면서 쓸고 훔치고 닦고 설거지를 하는 등, 전에는 끔찍이도 하기 싫었던 자잘한 일들을 해냈다. 천장의 거미줄을 걷어내고 쑤셔 박았던 접시들의 기름때를 없애는 동안은 다른 생각이 들어올 틈이 없었다.

이윽고 녹초가 된 그녀는 계산대에 앉아 꾸벅꾸벅 졸았다. 그녀의 신경을 안정시키는 졸음이었다. 그녀는 더 이상 카미유 생각을 하지 않을 수 있었다. 그럴 때면 그녀의 육신이 잠들고 정신이 자유로워졌다. 그렇게 얼마간 안정을 취할 수 없었더라면 온몸의 신경조직은 과도한 긴장으로 인해 터져버렸을 것이다.

하지만 그녀가 취한 안정은 일종의 가사 상태와도 같았다. 가끔 그녀는 자기 주변에 어른거리는 희미한 광선을 느끼고 독한 습기 냄새를 맡으면서 자기가 산 채로 매장되었다고 생각했다. 그녀는 자신이 시체들이 우글거리는 공동묘지 안에 있다고 생각했다. 그 생각이 그녀를 진정시켰고 안심시켰다. 이대로 편안하게 죽어간다면 더 이상 고통은 없을 것이라고 생각했다.

오후를 그렇게 보내고 난 후 그녀는 다시 부엌으로 가서 열심히 저녁 준비를 했다. 그러다 남편이 문 앞에 나타나면 그녀의 목이 다시 조여 왔고, 고통이 그녀의 전신을 비틀었다.

그렇게 그들 부부는 매일 매일을 거의 똑같은 기분으로 지냈다. 낮이면 그들은 서로 떨어진 채 달콤한 휴식을 취할 수 있었다. 하지만 저녁이 되어 둘이 함께 있게 되자마자 가슴을 찌르는 듯한 불편함이 다시 그들을 사로잡았다.

하지만 저녁나절은 평온했다. 라캥 부인이 곁에 있었기 때문이었다. 테레즈와 로랑은 단둘이 한방으로 들어간다는 생각이 너무 무서워 가능한 한 저녁 시간을 질질 끌었다. 라캥 부인은 안락의자에 몸을 반쯤 눕힌 채, 그들 사이에 앉아 평온한 목소리로 이야기를 하곤 했다. 그녀는 늘 아들 생각을 하면서 베르농 시절 이야기를 했다. 하지만 일종의 부끄러움 혹은 신중함 때문에 아들 이름을 직접 거명하지는 않았다.

그녀는 사랑하는 젊은이들에게 미소를 지으며 그들의 미래에 대해 이야기했다. 부부는 결코 자러 가겠다는 말을 하지 않았다. 만일 라캥 부인이 이제 그만 자러 가야겠다는 뜻을 내비치지만 않는다면 그들은 그녀의 달콤한 잡담을 들으며 새벽까지 그렇게 있고 싶었다. 그들은 노부인이 침실로 들어간 후에야 식당에서 나와 마치 어두운 심연에 빠지듯이 그들의 침실로 들어갔다.

그런데 문제가 생겨버렸다. 라캥 부인이 점차 중풍 증세를 보이기 시작한 것이다. 가련한 노파는 차츰 아무 의미도 없는 말을 중얼거리기 시작했다. 목소리가 약해졌으며 사지는 하나씩 죽어가고 있었다. 그들은 그녀가 얼마 못 가 불구가 되어 안락의자에 마치 물건처럼 붙박여 있게 되리라고 생각했다. 사실이었다. 그녀는 차츰차츰 하나의 물건이 되어 갔다.

테레즈와 로랑은 그들이 몇 시간 동안 서로 떨어져 있을 수 있게 해주던 이 노인, 그 부드러운 목소리로 그들의 고통을 잊게 해주던 이 노인이 점차 어디론가 멀어져가고 있다는 생각에 너무 고통스러웠다. 노인이 정신을 잃고 안락의자에 물건처럼 파묻혀 있게 되면 그들은 할 수 없이 단둘만 남게 될 것이다. 그렇다면 그들의 공포는 자정이 아니라 새벽 6시부터 시작될 것이다.

그들은 그들에게 그토록 소중한 라캥 부인의 건강을 유지시키기 위해 온갖 정성을 다했다. 의사를 수시로 부르고 세심하게 그녀를 간호했다. 그들은 병자를 열성을 다해 간호하면서 모든 것을 잊고 평온할 수 있었다. 라캥 부인은 그들이 그토록 정성들여 자신을 돌보는 것을 보고 감동했다. 그녀는 눈물을 흘리며 그들을 맺어주고 전 재산을 물려주기를 정말 잘했다고 생각했다. 그녀의 말년은 그렇게 두 젊은이로 인해 푸근하게 되었다. 그래서 매일매일 심해지는 중풍 증세도 그럭저럭 고통 없이 견딜 수 있었다.

그러나 로랑과 테레즈는 완벽한 이중생활을 하고 있는 셈이었다. 그들 각자의 내부에는 각기 다른 두 존재가 살고 있었다. 그중 하나는 황혼이 찾아오자마자 그들을 떨게 만드는 무서운 존재, 온 신경이 곤두 서 있는 존재였고 다른 하나는 해가 뜨자마자 모든 것을 잊고 그들을 편안하게 숨 쉴 수 있게 해주는 마비된 존재였다. 그들이 낮 동안 그렇게 평온하게 가라앉아 있는 모습을 보고, 그들이 밤마다 환각에 시달리며 고통스럽게 지내리라고 생각할 사람은 아무도 없었다. 사람들은 그들을 하늘로부터 축복을 받은 완벽하게 행복한 부부로 생각하고 있었다. 그리베는 그들을 익살스럽게 '비둘기 새끼들'이라고 불렀다. 미쇼 노인은 "저 부부는 정말 행복해"라고 말했다.

누구나 같은 의견이었다. 결국 그들은 가장 모범적인 부부로 여겨지게 되었다. 퐁-뇌프 소로의 모든 사람들이 그들의 사랑, 그들의 티내지 않는 조용한 행복을 칭송했고 둘의 밀월 관계가

영원하리라고 속삭였다. 오로지 그들 둘만이, 카미유의 시체가
그들 사이에 누워 있다는 것을 알고 있었다.

제21장

제22장

그렇게 다시 네 달이 흘렀다. 로랑은 자신이 결혼을 통해 얻으려던 이익을 받아내겠다는 생각을 했다. 그런 이해관계만 없었다면 그는 결혼 석 달 만에 아내를 버리고 카미유의 유령으로부터 도망쳤을 것이다. 그는 그렇게 가혹한 밤을 지내는 대가로 한가로운 삶, 잘 먹고 잘 자고, 자신의 변덕을 충족시킬 만한 돈을 주머니에 넣고 싶었다. 그가 익사자의 시체와 함께 동침하면서 견딜 수 있었던 것은 오로지 그런 대가를 받기 위해서였다.

어느 날 저녁 그는 테레즈와 라캥 부인에게, 사무실에 사표를 냈으며 보름 안으로 직장을 그만두게 될 것이라고 통보했다. 테레즈는 불안한 모습을 보였다. 그는 곧 아틀리에를 구해 다시 그림을 시작하겠다고 말했다. 그는 자기 직장이 얼마나 지루한지에 대해, 예술가로서 활짝 열릴 자신의 미래에 대해 길게 이야기했다.

테레즈는 입술을 깨문 채 아무 대답도 하지 않았다. 그녀는 자신의 자유를 보장해줄 적은 재산을 그가 축낸다는 것에 동의할 수 없었다. 그녀가 가만히 있자 로랑이 그녀에게 사나운 눈길을 던졌다. 마치 '만일 당신이 동의하지 않는다면 모든 걸 밝히고 말겠다'라고 협박하는 것 같았다. 게다가 마음씨 좋은 라캥 부인이 남자는 포부를 크게 가져야 한다며 마치 카미유의 응석을 받아주듯이 로랑의 편을 들어주었다. 결국 로랑이 아틀리에를 빌리고 그림을 그리는 데 들어가는 비용으로 한 달에 100프랑씩 주기로 결정되었다. 테레즈는 남편으로부터 돈을 낭비하지 않겠다는 약속을 겨우 얻어냈을 뿐이었다.

2주일 후 로랑은 미리 보아둔 아틀리에에 자리를 잡았다. 대략 30평방미터 정도 되는 네모난 다락방이었다. 그는 그림 그리는 데 필요한 도구들과 간단한 테이블과 소파를 사서 아틀리에를 장식했다.

그러나 그는 보름 동안 전혀 그림을 그리지 않았다. 그는 8시나 9시 정도에 아틀리에에 도착해서는 점심때까지 담배나

피우며 빈둥거렸고, 집으로 가서 점심을 먹고 돌아온 후에도 먹은 음식을 소화시키며 소파에 앉아 있었다. 그곳은 그가 떨지 않아도 되는 평화로운 장소였다. 그는 절대로 그곳에 테레즈가 오지 못하게 했다. 그녀와 함께 카미유의 유령이 따라 들어올까봐 겁이 났던 것이다.

하지만 그렇게 한가로운 생활도 부담스럽게 느껴지기 시작했다. 그는 캔버스와 물감들을 사서 작품을 그리기 시작했다. 모델을 살 만한 돈이 없어서 그냥 머리에 떠오르는 대로 그림을 그렸다. 그는 사람 머리를 그리기 시작했다.

그는 매일 오전 두세 시간 그림을 그렸고 오후에는 파리나 파리 교외 부근을 어슬렁거리며 지냈다. 그러던 어느 날 그는 국립 학사원 근처에서 미술을 전공하던 옛 학교 친구 한 명을 만났다. 그는 지난번 전시회에서 비교적 호평을 받은 화가였다.

화가가 그를 만나자 반갑게 소리쳤다.

"아니, 로랑 아닌가! 몰라보겠는걸. 많이 야위었어."

"결혼했다네." 로랑이 약간 당황하며 대답했다.

"자네가 결혼을? 그러니 얼굴이 그 모양이군. 그래, 요즘은 뭘 하나?"

"아틀리에를 세냈어. 오전에 그림을 좀 그리지."

그의 친구는 로랑을 좀 놀란 눈으로 바라보았다. 이전에 그가 알고 있던 뚱뚱하고 평범한 젊은이와는 너무 달랐다. 그가 보기에 로랑이 뭔가 멋져 보였다. 로랑은 그의 눈길이 부담스러웠다. 그래서 오히려 그대로 헤어지기가 어려웠다.

로랑이 화가에게 말했다.

"어때, 내 아틀리에에 함께 가보지 않을래?"

"좋지."

로랑과 함께 그의 아틀리에에 간 화가는 그의 그림들을 보고 더욱 놀랐다. 모두 다섯 개의 얼굴 그림이었다. 둘은 여자 얼굴이었고 셋은 남자 얼굴이었는데 한결같이 강렬한 터치로 되어 있었다. 화가는 그림을 바라보며 굳이 놀람을 감추려 하지 않았다. 그가 롤랑에게 물었다.

"이게 자네가 그린 건가?"

"응, 큰 화폭에 그릴 그림들을 미리 습작한 거야."

"농담 말게. 자네가 정말 이 걸작들을 그렸단 말이야?"

"글쎄, 그렇다니까. 왜, 내가 이런 그림들을 그리면 안 되나?"

화가는 감히 겉으로 대답하지 못하고 속으로 생각했다.

'이건 진짜 화가의 작품들이야. 이 친구는 엉터리 풋내기였는데……'

제22장

157

그는 한참 동안 그림들을 바라보았다. 물론 서툰 작품들이었다. 하지만 그 안에는 강력한 예술적 감수성이 들어 있었다. 예술가로서의 장래가 그토록 확실히 보장되는 그림을 그는 본 적이 없었다. 이윽고 화가가 말했다.

"내 솔직히 말하지. 나는 자네가 이런 그림을 그릴 수 있으리라고는 생각해본 적이 없다네. 자네 어디서 이런 재주를 배웠나? 이런 재주는 배운다고 되는 게 아닌데……."

그는 이 사나이가 무시무시한 충격을 받아 자기 안의 여성적 감수성이 깨어나게 되었고 그 결과 섬세하고 날카로운 감각을 갖게 되었음을 알 도리가 없었다. 로랑은 아마 온몸과 정신을 온통 뒤흔들어놓은 충격에, 겁쟁이가 되면서 동시에 예술가가 된 것인지도 모른다.

화가는 더 이상 그가 어떻게 이렇게 갑자기 변하게 되었는지 깊이 생각하지 않았다. 그는 그냥 놀라움만 간직한 채 그곳을 떠났다. 그곳을 떠나기 전 그가 로랑에게 말했다.

"딱 한 가지만 지적할 게 있네. 다섯 얼굴이 모두 닮았다는 거야. 모두 한 가족 같아. 여자들도 어딘가 남자가 변장한 것 같아. 이 그림들이 큰 그림의 화폭에 들어가려면 얼굴 몇몇은 바꿔야 할 거야. 자네 그림에 나오는 인물들이 모두 형제일 수는

없잖아. 그랬다가는 웃음거리가 될걸세. 어쨌든 자네를 보고 나
니 나는 기적을 믿게 됐어."

화가가 간 후 로랑은 다시 자기 그림들을 살펴보았다. 그림
들을 하나하나 살펴보면서 그의 등줄기로 식은땀이 흘렀다.

"그의 말이 맞았어……. 모두 닮았어……. 모두 카미유와 닮
았어……."

노인의 얼굴이건 금발 소녀의 얼굴이건, 모든 그림들이 카미
유의 얼굴 특징 중 하나를 반드시 보여주고 있었다.

얼굴만 닮은 게 아니라 표정들도 비슷했다. 모두 고통과 공
포에 질려 있는 것 같았다. 또한 모두 왼쪽 입에 가벼운 주름살
이 있었다. 그 주름살이 입술을 당겨 얼굴을 찡그려 보이게 했
다. 바로 시체 공시소에서 본 카미유의 얼굴에 있던 주름살이
었다.

로랑은 소파에 몸을 묻었다. 그 다섯 얼굴들이 모두 살아서
움직이는 것 같았다. 다섯 명의 카미유가 노인의 모습으로, 젊
은 남자와 여자의 모습으로, 소년 소녀의 모습으로 자기 앞에
있는 것이다.

로랑은 일어나서 그림을 찢어버린 후 밖으로 내던졌다. 가만
두었다가는 희생자의 초상화가 가득 찬 그 방에서 그냥 죽어버

릴 것만 같았다.

　그는 이제 두려움에 빠졌다. 익사자의 머리 외에는 그 어떤 얼굴도 그릴 수 없으리라는 두려움이었다. 그는 과연 그의 손이 그의 생각을 따라줄 수 있는지 알아보려고 다시 목탄을 집었다. 그리고 얼굴 하나를 데생했다. 역시 카미유와 닮았다. 아무리 애를 써서 손에 익은 선을 피하려 해도 헛일이었다. 이미 그의 손은 신경의 지배를 받아 자기의 의도와는 다른 선을 화폭 위에 긋고 있었다. 그는 마지막으로 개, 고양이 등 동물들을 그려보았다. 하지만 마찬가지였다. 동물들 역시 어딘가 카미유와 닮아 있었다.

　로랑은 화가 치밀었다. 그는 큰 그림은 절대로 그릴 수 없을 것이라며 주먹을 들어 화폭을 뚫어버렸다. 이제 그는 더 이상 그림을 그리려는 생각을 할 수가 없었다. 붓을 들기만 하면 그 희생자가 되살아날까봐 두려웠다. 자기 아틀리에에서 평화롭게 지내려면 결코 다시는 그림을 그리면 안 되었다.

제23장

어느 날 라캥 부인의 중풍이 드디어 그녀를 마비시켜버렸다. 혀도 돌같이 굳어져 말을 할 수 없었고 사지도 뻣뻣해졌다. 갑자기 말 한마디 못하는 반신불수가 되어버린 것이다.

테레즈와 로랑은 이제 그녀가 시체와 다름없이 되었음을 알았다. 그들은 절망해서 눈물을 흘렸다. 하지만 결코 노인이 불쌍해서 흘린 눈물이 아니었다. 이제부터 영원히 단둘이 살아야만 하는 가혹한 운명 앞에서 흘린 눈물이었다.

그날부터 그들 부부의 삶은 더 이상 견디기 어려운 것이 되었다. 노파는 이제 더 이상 그들에게 부드러운 잡담을 하며 그들의 공포를 가라앉혀 줄 수가 없었다. 노파는 그냥 물건처럼 소파에 놓여 있었을 뿐이었다.

이제 밤에만 그들 방에 찾아오던 공포가 저녁때부터 온 집 안을 사로잡기 시작했다. 그래도 그들은 계속 노파를 램프 불빛 아래 소파에 앉혀놓았다. 그녀가 언제고 다시 입을 열 수도 있으리라는 희망에서였고, 노파의 눈이 아직 살아 있어, 그 눈길을 보면 마음이 조금은 가벼워질 수 있었기 때문이었다.

이제 노파는 그들을 악몽에서 끄집어낼 일종의 심심풀이가 되었다. 노파가 반신불수 상태에 빠진 이후 그들은 그녀를 마치 어린아이처럼 돌봐주어야 했다. 그렇게 아낌없이 수고를 하면서 그들은 자신들을 사로잡는 생각을 떨쳐내려 했다. 로랑은 아침에 노파를 일으켜 안락의자에 앉혔고 저녁에는 다시 침대에 눕혔다. 노파는 여전히 무거웠다. 안락의자를 옮기는 일도 로랑이 맡아 했다. 그 외의 다른 일들은 테레즈의 몫이었다. 그녀는 노파에게 옷을 입혀주고 음식을 먹여주었으며 노파가 원하는 자질구레한 일을 모두 도맡았다. 노파는 손으로 펜을 들 수도 없었기에 오로지 눈으로 자신의 의사를 전달했다.

부부는 서로 얼굴을 마주치기가 싫어서 아침부터 식당에서 노파의 안락의자를 굴리곤 했다. 그들은 노파가 앉은 안락의자가 마치 그들 생활의 필수품인 것처럼 자기들 사이에 놓았다. 자기들이 식사하는 모습도 지켜보게 했고, 자기들 사이에 오가는 말도 듣게 했다. 이제 노파에게는 그들과 따로 떨어져 살 권리까지 없어졌다. 사람들은 두 부부의 선행을 그 어떤 말로 칭송해도 모자랄 것이라고 말하곤 했다.

라캥 부인은 비록 말도 할 수 없었고, 몸도 움직일 수 없었지만 사람들의 말을 들을 수는 있었고 생각도 할 수 있었다. 심지어 그녀는 행복하기까지 했다. 그들의 극진한 보살핌과 애정에서 삶의 보람을 느끼고 있었다. 그녀의 눈은 이제 놀랄 만큼 온화해졌고 그들을 향한 감사의 빛으로 빛나고 있었다.

그녀는 이제 자기 삶에 더 이상의 불행은 없으리라 생각하고 조용히 죽음을 기다리며 그렇게 몇 주를 보냈다. 고통이란 고통은 이제 다 당했고 더 이상 괴로운 일은 생기지 않으리라고 생각했다. 하지만 오산이었다. 어느 날 저녁 노파는 결정적인 타격을 받게 되었다.

테레즈와 로랑은 여전히 그녀를 밝은 불빛 아래 그들 사이에 놓고 있었다. 하지만 이제는 아무 소용없었다. 그녀는 더 이상 그들을 갈라놓는 역할을 수행하지 못했으며 그들이 고통에 빠지는 것을 막아주지 못했다. 결국 그들은 그녀가 자기들 사이에 있다는 것조차 잊어버리게 되었다.

그들은 거의 미칠 지경이었다. 라캥 부인이 있는 곳에도 카

제23장

163

미유의 유령이 거침없이 나타났던 것이다. 그들은 그 유령을 쫓아내기 위해 온갖 노력을 다했다. 그러던 중, 그들은 자신도 모르는 채 라캥 부인 앞에서 모든 범죄를 고백하게 되었고 노파가 모든 것을 알게 된 것이다. 그 말을 늘어놓는 동안 로랑은 환각에 사로잡혀, 거의 정신착란 증세까지 보이고 있었다. 홀연, 반신불수의 노파는 모든 것을 다 알게 되었다.

무서운 경련이 그녀 얼굴에 일었다. 심하게 충격을 받은 그녀의 입에서 비명이 나올 것만 같았다. 그러나 곧이어 그녀의 얼굴은 다시 쇠처럼 굳어버렸다. 평소에 그토록 부드럽던 그녀의 눈은 마치 금속 조각처럼 검게 굳어졌다.

아아, 이보다 더 갑자기 절망에 빠졌던 적이 있었던가! 그 흉측한 진실이 마치 번개처럼 그 반신불수자의 눈을 불태웠고 그 마음에 벼락을 내렸다. 만일 그녀가 일어날 수 있었다면, 고함을 지를 수 있었다면, 자기 아들을 살해한 자들을 저주할 수 있었다면 그녀의 고통은 덜했을 것이다. 그런데 모든 것을 듣고, 모든 것을 알고 나서도 오로지 속으로 그 고통을 안은 채 말없이 꼼짝 않고 있어야만 했다. 그녀는 일어서려고, 말을 하려고 혼신의 힘을 다해보았다. 하지만 혀는 입천장에 붙어 있었고, 시체처럼 꼼짝도 할 수 없었다.

이제 그녀 마음속 모든 것이 무너졌다. 그토록 저들에게 따뜻한 애정을 지니고 있었는데 모든 것이 거짓이며 모든 것이 죄악임이 드러났다. 사랑과 우정 뒤편에 흉측하게 몸을 숨기고 있던 피와 치욕을 보게 된 것이다. 그녀 입에서 저주의 말이 나올 수 있었다면 그녀는 하느님을 저주했을 것이다. 하느님은 나빴다. 자신에게 좀 더 일찍 진실을 알려줄 수도 있었으리라. 혹은 아무것도 모르는 채 그냥 죽게 해줄 수도 있었으리라. 그런데 이제 그녀는 사랑을, 애정을, 헌신을 부정하며 죽어가야만 했던 것이다. 살인과 음란만이 남게 된 것이다.

그녀는 그 범죄가 믿어지지 않았다. 자기가 키운 테레즈가, 자기가 마치 친아들처럼 아끼고 돌봐준 로랑이 자기 아들을 죽인 살인범들이라니! 그녀는 죽고만 싶었다. 그녀는 '내 아들을 죽인 것은 내가 키운 애들이다!'라는 생각만 되풀이할 수밖에 없었다. 그녀의 절망을 달리 어떻게 표현할 길이 없었다.

하지만 그녀가 할 수 있는 것은 아무것도 없었다. 복수도 할 수 없었고 말도 할 수 없었다. 그저 두 눈으로 뚝뚝 눈물을 흘릴 뿐이었다. 얼굴 근육은 마비된 채 오로지 눈으로만 보여주는 이 절망의 모습은 정말로 가슴 아픈 광경이었다.

그 모습을 보고 테레즈는 그녀가 너무 측은했다. 그녀가 손가락으로 고모를 가리키며 말했다.

"가서 눕혀야겠어요."

로랑은 황급히 안락의자를 그녀의 방으로 굴려 갔다. 그리고 허리를 굽혀 노파를 안았다. 라캥 부인은 알지 못할 힘을 빌려서라도 스스로 일어서고 싶었다. 그녀는 혼신의 힘을 다해보았다. 하느님이 보고 계신다면 자신이 로랑의 품에 안기도록 내버려두시지는 않으시리라. 하지만 그런 힘은 생기지 않았다. 그녀는 마치 옷 뭉치처럼 살인범 로랑의 팔에 안긴 채 수동적으로 있을 수밖에 없었다. 그녀는 살인범 로랑의 품에 안겨 들어올려졌고, 침대로 옮겨졌다. 그녀의 머리가 로랑의 어깨 위에서 구르고 있었다. 그녀는 공포에 휩싸인 눈으로 그 어깨를 바라보았다.

악당이 중얼거렸다.

"어디, 실컷 바라보라지. 그 눈으로 나를 잡아먹지는 못할걸."

로랑은 거칠게 노파를 침대에 던졌다. 노파는 그대로 기절했다. 마지막으로 떠오른 생각은 공포와 혐오뿐이었다. 이후로도 매일 아침저녁, 로랑의 더러운 팔에 안겨야만 했기 때문이었다.

제24장

부부가 라캥 부인 앞에서 죄를 고백하게 된 것은 무시무시한 정신적 위기를 겪었기 때문이었다. 그들은 날이 갈수록 상대방의 존재로 인해 고통을 겪고 있었다. 이어서 점차 상대방을 향한 증오가 치밀어 올랐고, 그런 시선으로 서로를 바라보게 되었다.

무서운 폭발력을 지닌 끔찍한 증오심이었다. 그들은 서로에게 거북함을 느꼈다. 그들은 둘이 서로 마주 보게 되지만 않는다면 조용히 살 수 있을 것이라고 생각했다. 그들의 입술은 서로를 찌르고 있었고, 번쩍이는 두 눈에서는 난폭한 생각이 그대로 드러나 있었다. 그들은 서로를 속으로 물어뜯고 있었다.

사실상 그들을 갉아먹고 있는 생각은 단 한 가지뿐이었다.

그들은 그들이 저지른 범죄 자체에 대해 화를 내고 있었다. 그들은 영원히 자신들의 삶을 망쳐버린 데 대해 절망하고 있었다. 영원한 고통을 겪어야만 한다는 생각을 하면 미칠 지경이었다. 도무지 누구를 탓해야 할지 알 수 없었기에 그들은 자신들을 탓하고 서로를 증오했다.

이제 그들은 매일 저녁 싸웠다. 마치 그렇게 싸움을 해야 팽팽하게 긴장된 신경이 조금이나마 풀어질 수 있다는 듯 싸웠다. 그들은 끊임없는 흥분 속에 살면서, 상대방의 단 한 마디 말도, 단 하나의 몸짓도, 단 하나의 시선도 고통 없이 받아들일 수 없었으며 그 모든 것들이 자신을 미치게 만들었다. 아무것도 아닌 아주 사소한 말 한 마디, 아주 사소한 시빗거리 하나가 폭풍우 같은 싸움이 되어 다음 날까지 이어졌다. 음식이 너무 뜨겁다거나 창문이 열려 있다는 등의 사소한 시빗거리만으로도 그들을 광증으로 몰아넣기에 충분했다.

그들은 이제 말싸움을 하면서 언제나 익사자 이야기를 노골적으로 끌어냈다. 그리고 생투앙에서의 살인 사건에 대해 서로를 비난하기에 이르렀다. 그들은 둘 다 얼굴이 시뻘겋게 될 정도로 흥분했으며 화를 냈다. 정말 끔찍한 광경이었으며 숨이 막히는 광경이었다.

로랑은 테레즈를 마구 때렸으며 서로 추한 욕설을 해댔고 둘 다 부끄러울 정도로 난폭했다. 싸움은 이제 그들의 필수품 같은 것이 되어, 싸움을 해야만 날카로운 신경이 무뎌져서 잠을 이룰 수 있게 되었다.

라캥 부인은 그들이 싸우는 소리를 모두 듣고 있었다. 이미 죽어 있는 살은 떨리지 않았으나 두 눈만은 무섭게 두 살인자들을 노려보고 있었다. 그녀는 그들의 싸움을 통해 자기 아들이 왜, 어떻게 살해되었는지 모든 것을 더 자세히 알게 되었다. 그것은 너무나 잔인한 수난이었다. 매번 더 이상의 지옥 밑바닥으로 내려갈 일이 없다고 생각하며 하느님께 기도했지만 매일 저녁 그녀는 새로운 사실을 알게 되었고 그녀는 끝없는 공포의 수렁에 빠진 것만 같았다.

가끔 테레즈는 눈물방울이 조용히 흘러내리는 이 창백한 노파 앞에서 후회에 사로잡히기도 했다. 그녀는 로랑에게 고모를 가리키며 눈짓으로 입 다물고 있으라는 신호를 보냈다. 그러자 그가 난폭하게 소리쳤다.

"흥, 내버려둬! 우리를 고발하진 못할걸! 돈도 이미 우리가 가지고 있으니 신경 쓸 거 하나도 없어."

그들은 그렇게 라캥 부인을 끝없는 고통 속에 몰아넣었다.

제24장

환각에 시달리는 자신들을 보호하기 위해 그녀가 그들과 함께 있는 것이 필요했기 때문이었다.

어느 날 저녁 식사 중이었다. 시빗거리를 찾고 있던 로랑은 주전자 물이 너무 미지근하다며 테레즈에게 불평을 했다.

그녀가 쌀쌀맞게 대답했다.

"얼음을 못 구했어. 그 정도면 된 거 아냐?"

"미지근한 데다 진흙 냄새가 난단 말이야! 꼭 강물 같다고!"

강물이라는 말에 테레즈는 갑자기 눈물을 흘렸다. 그 무언가가 연상되었던 것이다.

"왜 우는 거야?"

"내가 왜 우냐고? 잘 알면서 물어? 오, 맙소사, 당신이 그이를 죽였잖아!"

"거짓말 마! 내가 그를 센강에 던진 건 네가 그렇게 하도록 꼬드겼기 때문이야! 모르는 척 말아! 강제로 고백하게 만들어 줘야 되겠어!"

"카미유를 물에 빠뜨린 건 당신이지 내가 아니야!"

"아니지, 그건 바로 당신이야! 뭘 놀라는 척하고 있어? 잊은 척해도 소용없어. 내가 다 기억나게 해주지⋯⋯. 그날 당신은 물가에 있었어. 당신도 동의하고 배에 올랐지, 안 그래?"

"아니야! 난 그저 정신이 없었을 뿐이야! 나는 내가 무슨 짓을 하는지도 몰랐어. 나는 그이를 죽일 생각은 해본 적이 없어! 당신 혼자 저지른 짓이야!"

"얼씨구, 모두 내게 뒤집어씌우는군. 이봐, 어느 날 저녁 창녀처럼 내 방에 뛰어든 게 당신이 아니었던가? 나를 애무하며 당신 남편을 죽일 결심을 하도록 꼬드긴 게 당신이 아니고 다른 사람이었던가? 나는 그 누구에게도 해를 끼치지 않고 조용히 신사로 살고 싶었던 사람이야. 나는 파리 한 마리도 죽이지 않았을 사람이야."

테레즈는 절망적인 음성으로 되풀이했다.

"아니야! 아니야! 그이를 죽인 건 당신이야!"

"아니지, 그건 바로 당신이야! 당신은 바로 당신 남편 방에서 창녀처럼 내게 몸을 맡겼어. 당신이 미리 다 계산한 거라고, 카미유를 증오했다고, 그를 죽일 생각을 오래전부터 해왔다고 어서 고백해! 나를 정부로 삼은 건 바로 그 때문이었다는 걸!"

그러자 테레즈가 고함을 질렀다.

"그만해! 그건 사실이 아니야! 그런 말을 하다니…… 무슨 그런 끔찍한 말을……. 아아, 내가 당신을 미치게 만들었다면 당신도 나를 똑같이 미치게 만들었던 거야! 당신은 나를 구해 주지 않았어! 당신은 포기 상태에 빠진 나를 이용한 거야! 내 삶을 더욱 망쳐놓는 데 재미를 느꼈던 거야! 하지만 그런 건 아무래도 좋아. 내가 카미유를 죽였다는 말은 하지 마! 당신이 지은 죄는 당신이 짊어지라고! 그이는 당신이 죽였어!"

로랑은 화가 나서 그녀를 때리려고 주먹을 쳐들었다.

"그래, 어디 때려봐! 그게 차라리 나아."

그녀가 얼굴을 들이밀자 그가 주춤 뒤로 물러섰다. 그는 의자에 앉으며 억지로 목소리를 가라앉히고 말했다.

"내 말 들어. 비겁하게 당신이 한 짓을 부인하지 마. 우리가 함께 저지른 짓인 걸 당신도 잘 알고 있잖아. 증명을 해보라고? 지금 당장 황실 검찰에 가서 사실을 고해볼까? 당신이 죄가 있는지 없는지 다 밝혀주겠지."

그들은 기진맥진해서 서로를 바라보았다. 그들의 싸움은 언제나 그렇게 끝났다. 그들은 자신들이 결백하다고 주장하며 자기 자신을 속이려 애를 썼다. 악몽에서 벗어나고 싶어서였다. 그들은 각자 상대방에 대한 고발자가 되어 상대방에게 모든 죄를 덮어씌우려 했다. 아무런 결말을 내지 못했음에도 불구하고 그들은 그 역할을 매일 계속했다.

그들이 서로 흥분해서 서로 비난하고 고발하는 동안 노파는 그들에게서 한시도 눈을 떼지 않았다. 로랑이 테레즈의 머리 위로 그 큰 손을 치켜들었을 때 그녀의 눈은 기쁨으로 반짝이고 있었다.

제25장

　라캥 부인은 이 견디기 어려운 고통에서 벗어나기 위해 굶어
죽으리라는 생각을 하기에 이르렀다. 그녀는 이틀 동안 음식을
거부했다. 그녀는 온 힘을 다해 이를 앙다물었으며 억지로 입
으로 들어온 음식을 밀어냈다. 테레즈는 절망했다. 사실상 그녀
의 최근 태도는 완전히 변해 있었다. 갑자기 온몸에 힘이 빠지
면서 마치 소녀처럼 감상적이 되었다. 그녀는 카미유의 영혼도
자신의 눈물 앞에서는 굴복하리라 생각하고 참회의 눈물을 흘
리기 시작했다. 하지만 진정한 참회의 눈물이 아니었다. 입으로
만 기도하고 회개하면서 하느님의 은총을 바라는 거짓 신도들
의 것과 똑같은 참회의 눈물이었다.
　라캥 부인은 그녀에게 일종의 기도대 구실을 했다. 테레즈는

울음으로 자신의 마음을 풀어주고 싶을 때면 언제고 부인 앞에 무릎을 꿇고 참회의 연극을 하곤 했다. 그러면 한결 마음이 가벼워졌다. 그런데 라캥 부인이 죽는다면! 그러면 누구 발밑에 가서 눈물을 흘리며 후회할 수 있단 말인가!

테레즈는 노파 앞에서 그녀가 살아야 할 이유를 수도 없이 늘어놓았다. 그녀는 꽉 다문 노파의 입을 벌리려 애쓰면서 화를 내기까지 했다. 하지만 라캥 부인은 꿋꿋하게 버텼다. 그것은 흉측한 싸움이었다.

로랑은 못 본 체 무관심했다. 도대체 노파를 기를 쓰고 살려 내려는 테레즈를 이해할 수 없었다. 그에게 노파는 불필요한 존재였다. 제 손으로 노파를 죽일 수는 없었지만 그녀가 죽으려 하는데 굳이 말릴 필요가 있겠는가!

어느 날 그 처절한 싸움을 바라보고 있던 그가 마침내 참지 못하고 말했다.

"그냥 내버려둬! 그 노파가 없어지면 우리는 행복해질지도 모르잖아."

면전에서 그 말을 듣자 노파에게서는 이상한 흥분이 일었다. 내가 죽은 뒤에 저들이 조용히 잘 지내게 된다면! 그건 절대 안 돼! 저들의 결말을 보고 '드디어 내 원수를 갚았다'라고 말할 수 있을 때까지 살아남아야 해! 그래야만 내가 편히 눈을 감을 수 있을 거야!

그녀는 며느리가 주는 음식을 받아먹고 다시 살아남기로 마음먹었다. 더욱이 노파는 결말이 머지않았음을 잘 알고 있었다. 둘 사이는 악화될 대로 악화되어 이제 폭발할 일만 남아 있었다. 그들은 매 순간 위기를 맞고 있었으며 온통 고통과 공포 속에서 살고 있었다.

로랑과 테레즈는 그 공포와 고통을 견딜 수 없어 둘 다 이 집에서 도망가버릴 생각을 하기도 했다. 하지만 불가능한 일이었다. 목요일마다 찾아오는 손님들에게 무슨 말을 해야 할지 알수 없었다. 그들이 도망가버린다면 의심을 받게 되리라. 체포되어 교수형당할 수도 있다는 생각이 그들에게는 너무나 끔찍했다. 그들은 비겁했기에 그대로 남아 있었고 여전히 그렇게 무서운 생활을 질질 끌 듯이 계속하고 있었다.

그들은 서로 끊임없이 싸우면서 이 무서운 고통에서 벗어날 방법을 나름대로 찾아보기도 했다. 테레즈는 도저히 집에 있을 수 없게 되자 거리로 나섰다. 그리고 이 남자 저 남자와 정을 나누었다.

그러나 아무리 방탕한 생활에 빠져들어도 아무런 효과도 없었다. 육체적 쾌락은 고통을 잊게 해줄 자극제가 될 수 없었다. 정부들을 만나고 나면 오직 권태와 피로만 더해질 뿐이었다. 그녀는 이제 거리로 나가지 않았다. 그녀는 게으름에 사로잡혀 집 안에 틀어박힌 채, 머리도 빗지 않고 화장도 하지 않았다. 그녀는 더러움 속에서 스스로를 잊고 있었다.

로랑은 로랑대로 끊임없이 카미유를 떠올리는 상처를 없애고 싶어 안달이었다. 차라리 목을 잘라버리고 싶은 생각이 들 때도 있었다. 그러는 한편 그는 고양이 프랑수아를 극도로 증오하게 되었다. 고양이는 자주 큰 눈을 뜨고 악마와 같은 모습으로 그를 쳐다보곤 했다. 그는 고양이가 모든 범죄를 다 알고 있고 어느 날 자기를 고발하리라고 확신하기에까지 이르렀다.

그러던 어느 날 고양이가 다시 자기를 뚫어져라 바라보고 있을 때, 그의 광기가 폭발했다. 그는 식당 창문을 활짝 열고 고양이의 목을 잡았다. 로랑은 그의 팔을 물어뜯으려 덤비는 고양이를 두서너 번 빙빙 돌린 다음 건너편 벽에 냅다 던져버렸다. 프랑수아는 허리뼈가 부러져 밤새 야옹, 야옹 신음 소리를 내다가 숨을 거두었다.

한편 그도 테레즈처럼 방탕한 생활에 빠져들어보았다. 낮에는 잠을 자고 밤에는 거리의 여자들을 찾아가기도 했다. 하지만 아무런 욕망도 느낄 수 없었다. 그의 모든 감각이 죽어버린 것 같았다.

이제 그들에게는 싸울 기력조차 남지 않게 되었다. 이 고통으로부터 도망칠 수 있는 방법은 어디에도 없었다. 그리고 그럴수록 서로를 향한 증오심만 커졌다.

증오심에 이어 이제 서로에게 의심이 생겼다. 테레즈는 테레즈대로 로랑이 자포자기의 심정으로 경찰에 찾아가 모든 것을 털어놓을지 모른다는 의심을 가졌고 로랑은 로랑대로 테레즈가 자신을 고발하리라는 두려움을 갖게 되었다. 두 공범은 결국 고발자가 될까봐 서로를 두려워하게 된 것이다.

이제 그들은 상대방이 무슨 말을 하거나 몸짓을 하더라도, 경찰서로 달려가겠다는 뜻으로 해석했다. 그리고 로랑이 테레즈를 때릴 때면 때리는 자나 맞는 자나 이대로 경찰서로 달려가겠다고 큰 소리로 외치기도 했다. 그리고 실제로 도저히 이런 생활이 힘들어 경찰서로 달려가는 일도 있었다. 로랑이 경찰서를 향해 달려가면 테레즈가 그 뒤를 따르고, 테레즈가 경찰서를 향해 달려가면 로랑이 그 뒤를 따르는 짓도 그들은 열 번 이상 반복했다. 하지만 결국 그들 중 아무도 경찰서 문턱을 넘지 못했다.

그들은 진정으로 고백을 생각하고 말한 것이 아니었다. 그들이 범죄를 고백하겠다고 상대방을 위협한 것은 오직 상대방을 무섭게 해서 고백하지 못하게 만들기 위해서였다. 그들에게는 죄를 고백하고 처벌을 받음으로써 마음의 안정을 얻을 만한 힘조차 없었다.

이제 아침부터 저녁까지 그들은 서로를 감시했다. 목요일은 더 지옥 같았다. 그들은 서로 애원의 눈길을 주고받았다. 그들 중 한 명이라도 입을 열면 끔찍한 범죄 이야기가 튀어나올 것 같은 공포에 사로잡혀 있었기 때문이었다.

이런 전쟁 상태는 더 이상 지속될 수 없었다. 결국 테레즈와 로랑은, 각자 똑같은 꿈을 꾸기 시작했다. 이미 그들이 저지른 범죄에서 벗어나는 길은 새로운 범죄를 저지르는 것밖에는 없으리라는 꿈이었다. 둘 중 한 명이 조금이라도 마음의 안정을 찾으려면 절대적으로 상대방이 사라져야만 했다. 그 생각은 그들 둘 모두에게 동시에 찾아왔다. 그리고 그것만이 유일한 구원 같았다. 로랑은 테레즈를 죽이기로 결심했다. 그녀가 거추장스러웠고, 단 한 마디로 그를 파멸에 이르게 할 수 있었으며, 그에게 참기 어려운 고통을 가져오는 존재였기 때문이었다. 테레즈도 같은 이유로 로랑을 죽이기로 결심했다.

로랑은 몇 주일 전 독극물에 조예가 깊은 옛 학교 시절 친구를 만나서 그가 일하고 있는 실험실에 가본 적이 있었다. 그때 그는 청산가리가 들어 있는 작은 병을 눈 여겨 보았었다. 테레즈를 죽이기로 결심한 다음 날 그는 그 친구를 찾아갔다. 그리고 그 친구가 등을 돌리고 있는 사이, 청산가리가 들어 있는 자기(瓷器) 병을 훔쳤다.

같은 날, 테레즈는 로랑이 없는 틈을 타서 설탕을 자르는 큰 식칼을 들고 나가 날카롭게 갈아왔다. 그녀는 식칼을 찬장 구석에 숨겼다.

제26장

미쇼 가족들과 그리베가 라캥 부인의 집에서 매주 목요일 만나온 지도 4년이 되었다. 그들은 규칙적으로 다가오는 이 단조로운 모임에 대해 그 누구도 지겨워하지 않았다. 그들은 서로 이야기를 나누면서 이토록 평화롭고 부드러운 집에서 무서운 비극이 벌어지고 있으리라고는 꿈에도 생각하지 않았다. 그들은 말없이 조용히 지내는 이 집 내외가 더없이 모범적인 부부라고 생각했으며 심지어 그리베는 이 집을 '평화의 전당'이라고 부르기까지 했다.

한편 라캥 부인은 이 집안에서 벌어지고 있는 끔찍한 일을 손님들에게 굳이 알리려 노력하지 않았다. 그래봤자 방법도 없었고 소용도 없었을 뿐 아니라, 머지않아 두 살인자가 끔찍한 파국에 이르리라는 것을 잘 알고 있었기 때문이었다. 그녀는 단지 그 파국을 자기 두 눈으로 직접 목격할 수 있을 때까지 살아 있게 해달라고 하느님께 기도할 뿐이었다.

이윽고 11시 반이 되자 손님들은 부산하게 자리에서 일어났다. 그리베가 말했다.

"여기에만 있으면 기분이 좋아져서 돌아갈 생각이 나지를 않습니다."

그러자 미쇼 씨가 맞장구를 쳤다.

"사실입니다. 여기서는 졸음도 오지 않아요. 평상시에는 9시면 잠자리에 드는데 말입니다."

그러자 그리베가 다시 말했다.

"글쎄, 이 집은 '평화의 전당'이라니까."

손님들이 모두 나가자 부부는 속이 시원하다는 듯 숨을 내쉬었다. 저녁 내내 말없이 너무 초조했던 것이다. 그들은 서로의 눈길을 피한 채 조용히 2층으로 올라갔다. 두 사람의 손이 모두 심하게 떨리고 있었다.

그들은 식탁 주변을 정리한 후 멍한 표정으로 자리에 앉았다. 그들은 아직 라캥 부인을 부인의 방에 눕히지 않았다.

얼마간 침묵이 흐른 후 로랑이 마치 꿈에서 깨어난 듯 갑자기 말했다.

"자, 이제 잠자리에 들어야지."

그러자 테레즈가 몹시 춥다는 듯 몸을 떨면서 말했다.

"그래요, 이제 자러 가요."

"자, 내가 설탕물을 타줄게. 당신은 어머니나 보살펴드려."

그는 물그릇에 물을 한 잔 따랐다. 그는 반쯤 돌아서서 설탕 조각을 넣은 후 물그릇에 청산가리를 부었다. 그사이 테레즈는 찬장 앞에 몸을 옹크리고 식칼을 꺼내 허리띠에 달린 주머니에 넣으려 하고 있었다.

그때 이상한 본능적 감각으로 둘은 동시에 고개를 돌렸다. 테레즈는 로랑의 손에 들린 청산가리 병을 보았다. 또한 로랑은 테레즈 치마폭에서 번쩍이는 식칼의 칼날을 보았다. 둘은 잠시 동안 차갑게 서로를 노려보았다.

결말이 가까워진 것을 알게 된 라캥 부인은 날카로운 눈으로 그들을 쏘아보고 있었다.

순간 로랑과 테레즈가 통곡하기 시작했다. 그리고 둘은 동시에 나약한 어린아이처럼 되어 서로의 품으로 뛰어들었다. 그 무언가 부드러우면서 감동적인 것이 그들의 가슴속에서 깨어나는 것 같았다. 그들은 그들이 이끌어온 더러운 삶, 그들이 비

제26장

183

겹하게 살아남는다면 이어가야 할 삶을 생각하고 눈물을 흘렸다. 그들은 과거를 회상하면서 이제는 정말 지쳤다고, 정말 구역질이 난다고, 이제는 정말 쉬어야겠다고 생각했다.

그들은 식칼과 독약 앞에서 마지막 눈길, 감사의 눈길을 나누었다. 테레즈는 컵을 들어 단숨에 반쯤 마시더니 나머지를 로랑에게 내밀었다. 로랑은 나머지를 단숨에 마셨다. 그들은 벼락을 맞은 듯 동시에 포개져 쓰러졌다. 마침내 죽음 속에서 위안을 찾은 것이다. 젊은 여인의 입이 남편 목의 상처에 닿았다.

두 시체는 밤새 그렇게 뒤틀린 채 포개져서, 노란 램프 불빛을 받으며 그대로 있었다. 라캥 부인은 다음 날 정오가 될 때까지 열두 시간가량, 아무리 보아도 싫증이 나지 않는다는 듯, 자신의 무거운 눈길로 발치에 놓인 두 시체를 말없이 바라보고 있었다. 마치 그 눈길로 그들을 짓누르고 있는 것 같았다.

『테레즈 라캥』을 찾아서

에밀 졸라(Émile Zola, 1840~1902)의 『테레즈 라캥』을 읽은 후 여러분은 이전까지 읽었던 작품들과 확연히 다른 점을 단번에 느꼈을 것이다. 무엇보다 이 작품의 주인공들의 신분은 졸라 이전의 다른 작가 작품들의 주인공과 다르다. 이 작품의 두 주인공 테레즈와 로랑은 귀족도 아니고 부르주아도 아니다. 그냥 평범한 신분의 사람들이며 어찌 보면 하층민에 가깝다. 졸라에 의해 처음으로 하층민들의 삶이 소설의 주인공으로 등장하게 된 것이다.

그렇다면 졸라는 무슨 의도로 하층민들의 삶을 그의 작품의 소재로 삼았는가? 그 이유를 정확히 이해하기 위해서는 먼저 그가 주창한 자연주의 문학에 대해 알아보아야 한다.

졸라는 자연주의(naturalisme) 문학론을 주창한 사람이며 자연주의 문학의 유일한 대가이기도 하다. 자연주의라는 말은 가끔 사람들의 오해를 산다. 자연주의는 자연을 예찬한 문학이라는 오해가 바로 그것이다. 그러나 자연주의 문학에서의 자연은 '자연은 아름답다!'라거나 '자연으로 돌아가라!'는 '자연 예찬'에서의 자연이 아니다. 그때의 자연은 '자연과학'에서의 자연이다. 그의 자연주의 문학론은 문학에 자연과학 이론을 도입한 문학론이다.

졸라가 태어나고 활동했던 19세기 서구는 대부분의 사람들이 과학에 열광하던 시기였다. 그중에서도 사람들을 가장 매혹시켰던 것이 의학과 생물학이었다. 이전에는 인간의 힘으로 도저히 치료할 수 없다고 생각되었던 병, 천형으로만 알았던 병들의 원인을 의학이 밝혀내고 치료할 수 있게 되자 사람들은 인간이 이룩한 과학의 힘을 과신하게 되었다. 또한 신비스럽게만 여겨졌던 생명의 신비가 하나씩 밝혀지자 이 세상에 과학의 힘으로 밝히지 못할 것은 없다는 신념이 사람들에게 생기기 시작했다. 참고로 말하자면 찰스 다윈의 '진화론'도 그중 하나다.

과학에 대한 절대적인 믿음이 생기면서 이 세상에 신비스러운 영역이란 없다는 생각이 사람들에게 자리 잡기 시작했다.

이 세상 모든 존재는 자연과학적 법칙의 지배를 받고 있다는 믿음, 인간이 이룩한 과학의 힘으로 그 법칙을 밝혀낼 수 있다는 믿음이 많은 사람을 사로잡았다. 그 믿음은 주어진 사회 내에서 살아가는 한 인간의 삶도 자연과학의 법칙에서 벗어나지 않는다는 믿음으로까지 이어졌다. 졸라의 자연주의 문학론은 바로 그 믿음에서 탄생한 것이다.

졸라는 자신의 문학관을 『실험소설론』에서 명확히 밝힌다. 한 인간의 삶은 그가 어떤 '유전자'를 가지고 태어나 어떤 '시기'에, 어떤 '환경'에서 살게 되느냐에 따라 결정된다는 것이 그의 생각이다. 그의 소설은 그 결정적 법칙을 세우기 위한 일종의 실험이다. 그는 소설을 통해 인간의 삶에 대한 이론을 세우려 한 것이다.

그가 그의 소설론을 '실험소설론'이라고 지칭한 것은 그의 의도를 그대로 보여준다. 우리는 하나의 과학 이론이 성립되는 과정을 알고 있다. 우선 관찰을 해야 하고 그 관찰을 바탕으로 가설을 세운다. 그리고 그 가설을 증명하기 위해 실험을 한다. 졸라의 작품들은 인간의 삶에 대한 과학적 이론을 세우기 위한 실험 작업들이다. 그는 소설을 통해 인간의 삶의 보편적 진리를 발견해내려 했다.

그렇다면 그 실험의 대상은 누가 되어야 하는가? 당연히 한 사회에서 대다수를 차지하고 있는 평범한 사람이어야 한다. 일부 소수 귀족이나 지배계급은 예외적인 존재들이니 보편적인 진리를 끌어내기 위한 실험 대상으로는 적당하지 않다. 바로 그 때문에 그의 작품에는 다른 작가들의 작품들과는 달리 평범한 사람이나 사회 하층민들이 주인공으로 등장한다.

그래도 의문점은 여전히 남는다. 졸라가 테레즈나 로랑 같은 평범한 사람들을 주인공으로 삼은 것은 이해할 수 있다. 하지만 그들은 그냥 평범한 사람들이 아니라 비정상적인 사람들 아닌가? 그가 소설을 통해 인간 삶의 보편적인 진리를 발견하려 한 것이라면 보다 많은 평범한 사람들, 인간적 덕목을 지키고 주어진 질서를 받아들이며 살아가는 보다 '인간적'인 사람을 주인공으로 삼아야 할 것이 아닌가?

하지만 그가 연구 대상으로 삼은 것은 '인간'이라는 특별한 존재가 아니다. 그가 연구 대상으로 삼은 것은 인간이라는 '동물'이다. 인간이라고 해서 일반 동물들이 지니고 있는 자연과학적 법칙에서 벗어나 있지 않다는 '자연주의 문학론'의 입장에서는 당연한 원칙이다. 그는 그 원칙을 중심으로 했기에 한 인간이 지닌 성격을 중심으로 소설을 엮어가지 않고 한 인간이 지닌 동물적 본능이나 기질을 중심으로 소설을 엮어간다. 그러니 그의 자연주의 문학론에서 선택된 인물은 이미 '인간화 된 인물'이나, '인간적 의지'를 가진 인물이 아니라 육체적 욕 망, 기질, 신경의 지배를 많이 받는 인물들이다. 그런 기질들이 어떤 환경에서 어떻게 행동하게 되는지, 그들이 만나서 서로에 게 어떤 영향을 주게 되는지, 그는 소설을 쓰면서 탐구한다. 그 의 소설의 인물들은 자연스러운 욕구에 의해 간통을 저지르며 마치 늑대가 양을 죽이듯이 살인을 한다. 살인을 저지르는 원 인은 도덕적 양심을 상실해서가 아니라 그들의 신경조직에 교 란이 왔기 때문이다. 그는 인간이라는 유기적 생명체가 그들이 처한 상황에서 어떻게 변화하는지 자연과학자의 눈으로 연구 해보기 위해 소설을 썼다.

졸라의 자연주의 문학론을 이해한 후 『테레즈 라캥』을 다시 읽으면 우리는 많은 것을 좀 더 잘 이해할 수 있다. 테레즈와 로랑은 부도덕한 인물이 아니다. 소설가의 필치하에서 애당초 그들에게는 영혼이란 없었다. 그들이 만나 주고받은 영향에 대 해 작가는 다음과 같이 냉정하게 표현한다.

테레즈의 무뚝뚝하고 신경질적인 기질은 로랑의 둔감하면서 다혈질적인 성격에 묘한 작용을 했다. (······) 로랑은 테레즈를 만나기 전에는 둔했으며 신중했고 농부의 아들답게 다혈질적이었다. 그는 아무렇게나 잠자고 먹었고 마셨다. 그 둔한 육신 속에서 가끔 간지럼 같은 것을 느끼긴 했지만 드문 일이었다. 테레즈는 바로 그 간지럼을 사납게 흔들어버린 것이다. 그는 자신의 기름지고 물컹한 몸속에 놀라운 감수성을 지닌 신경 시스템을 장착하게 된 것이다. (······) 그러나 그의 고통과 불안은 정신적인 것이 아니라 순전히 육체적인 것이었다. 죽은 카미유에 대해 공포를 느끼는 것은 오로지 그의 육신이었고 신경 시스템이었다. 그의 의식은 그런 공포와 아무 상관이 없었다. 그는 카미유를 죽인 데 대해 아무런 뉘우침도 없었다. (······) 그는 말하자면 신경증이라는 육체적 병에 걸린 것이었다. 테레즈의 정념이 그에게 무서운 병을 옮겨준 것이다. (139~141쪽)

심지어 사랑도 그렇다. 둘이 사랑하게 되는 건 감정의 문제가 아니다. 그들이 타고난 본능과 환경이 그들을 격정적으로 사랑하게도 만들고 그들의 사랑을 식어버리게 만들기도 하며 그들을 서로 증오하게 만들기도 한다. 요컨대 그는 테레즈와 로랑이라는 젊은 남녀가 만나서 겪게 되는 드라마를 쓴 것이 아니다. 그는 신경질적인 기질과 다혈질적인 기질이 만나서 어떻게 서로에게 영향을 주고 혼란을 겪게 되는지 과학자의 자세로서 관찰하고 실험한 것이다.

사실 에밀 졸라의 소설은 우리를 불편하게 한다. 우선 어떻게 인간이 순전히 자연과학적 탐구의 대상이 될 수 있느냐는 반발이 생길 게 뻔하다. 도대체 인격이나 영혼, 인간의 의지 같은 것들을 배제한 채 인간의 모습을 그린다는 것이 가능하냐고 반발하고 싶어질 것이 뻔하다. 게다가 문학작품이란 어디까지나 상상력의 소산이지 소설을 어떻게 진리를 탐구하는 과학자의 자세로 쓸 수 있느냐고 반박할 수도 있다.

그 반박은 모두 옳다. 그리고 그 때문에 당대에 대단한 인기를 누렸던 에밀 졸라의 작품들은 전문가들로부터 상당 기간 외면을 받아오기도 했다. 하지만 20세기 중엽 들어 그의 작품들은 일제히 재조명을 받기 시작했고 졸라는 불후의 명작들을 남긴 대가로 인정받고 있다. 이유는 간단하다. 그의 소설들이 그의 소설이론을 배반하고 있음을 알았기 때문이다. 그의 소설이론과는 달리 그의 소설들은 풍부한 상상력의 소산임을 사람들이 알았기 때문이다.

다시 『테레즈 라캥』을 보자. 혹시 여러분은 테레즈나 로랑에게서 자신의 모습을 보지 않는가? 졸라가 일부러 택한 그 인물들, 본능과 기질에 의해 과도하게 지배를 받는 그 인물들에게서 자기 자신의 모습을 보는 것 같은 느낌을 받지는 않았는가?

그렇다면 우리는 이런 질문을 동시에 던질 수 있다. 과연 우리들은 동물적 본능으로부터 자유로운가? '인간 사회'를 움직이는 것은 동물적 본능이 아닐까?

만일 여러분이 그런 느낌을 조금이라도 받았다면, 졸라는 인간성을 외면한 작가가 아니다. 졸라는 객관적으로 인간을 탐구한 것이 아니라, 인간 속의 동물성을 그의 상상력으로 꿈틀거리게 만든 작가이다. 그래서 그의 작품 속의 인물들은 실험실의 창백한 모르모트가 아니라 살아 있는 역동적 인간이 된다. 그는 인간들 속에 꿈틀대고 있는 동물적 본능을 깊이 탐구함으로써 인간성의 영역을 넓힌 작가다. 인간은 영혼을 고양시키면서 삶의 목표를 세울 수도 있지만, 자기 내부에서 꿈틀대는 동물성을 느끼면서 또 다른 나를 찾을 수 있다. 평소에 의식하고 있지 않던 또 다른 나를 내 속에서 느낀다는 것, 그것은 내 삶을 역동적으로 만드는 더없이 좋은 방법 중의 하나다.

　에밀 졸라는 1840년 파리에서 출생했다. 하지만 토목기사였던 아버지의 사업 관계로 3세부터 18세까지의 유년기를 남프랑스의 엑상프로방스에서 지내게 된다. 졸라가 『실험소설론』을 발표한 것은 그가 40세 되던 해인 1880년이지만 28세 되던 해인 1868년 『테레즈 라캥』을 발표할 때부터 그는 이미 자연주의 작가였다.

　이후 그는 20여 년의 세월에 걸쳐 총서 『루공-마카르(Les Rougon-Macquart)』라는 이름하에 모두 스무 권의 소설을 발표했다. 그 총서에는 '제2제정하의 한 가족의 자연적, 사회적 역사'라는 부제가 달려 있다. 아델라이드 푸크라는 여자가 루공가의 남자와 결혼하여 낳은 자식들과 마카르가의 남자와 재혼하여 낳은 자식들의 후손의 이야기로 되어 있는 이 총서는, 유전과 환경의 영향하에 살아가는 그 자손들의 파란만장한 삶을 그리고 있다. 그 총서를 통해 졸라는 프랑스 제2제정하의 타락한 사회 모습을 여실히 폭로하고 있으며, 최초로 노동자와 민중의 삶과 열망을 있는 그대로 적나라하게 보여준 작가로 인정받고 있

다. 그중 우리에게 친숙하면서 대표적인 작품들로는 『목로주점
(L'assommoire)』『나나(Nana)』『제르미날(Germinal)』 등이 있다.

졸라에 대해 이야기하면서 빼놓을 수 없는 사건이 한 가지
있다. 바로 '드레퓌스' 사건이다. 1894년 10월 참모 본부에 근
무하던 유대인 포병 대위 A. 드레퓌스가 비공개 군법회의에서
종신형을 선고받는다. 독일 대사관에 군사 정보를 팔았다는 혐
의였다. 하지만 파리의 독일 대사관에서 몰래 빼내온 정보 서
류의 필적이 드레퓌스의 필적과 비슷하다는 것 이외에는 아무
증거가 없었다. 단지 그가 유대인이라는 이유만으로 범인으로
몰린 것이다.

그 후 군부에서는 진범이 드레퓌스가 아닌 다른 사람이라는
확증을 얻었는데도 군 수뇌부는 진상 발표를 거부하고 사건을
은폐하려 하였다. 드레퓌스의 결백을 믿어 재심(再審)을 요구해
오던 가족도 진상을 탐지하고, 1897년 11월 진범인 헝가리 태
생의 에스테라지 소령을 고발했지만, 군부는 형식적인 심문과
재판을 거쳐 그를 무죄 석방하였다.

사건은 그대로 종결되는 듯했으나 졸라는 「나는 고발한다
(J'accuse)」라는 제목의 논설을 대통령에게 보내는 공개서한 형
식으로 1898년 1월 13일자 「오로르(l'Aurore)」지에 발표했다. 이

를 계기로 사회 여론이 비등했고 프랑스 사회 전체가 드레퓌스의 무죄를 주장하는 드레퓌스파와 그의 유죄를 주장하는 반드레퓌스파로 갈려 심한 갈등을 겪게 된다. 그 고발문으로 인해 졸라는 그 해 7월 영국으로 망명할 수밖에 없게 된다. 드레퓌스 사건을 계기로 졸라는 행동하는 정의로운 지식인의 대명사가 된다.

1902년 파리에서 사망한 졸라는 사망 4년 후 국립묘지 팡테옹에 안장되었다.

『테레즈 라캥』은 수차례 영화화되어 사람들의 사랑을 받았으며 그중 찰리 스트레이튼 감독이 연출한 2014년 영화가 가장 널리 알려져 있다. 또한 우리나라 박찬욱 감독의 영화 〈박쥐〉는 감독 스스로 『테레즈 라캥』의 모티브를 그대로 따온 것이라고 밝혔다.

테레즈 라캥

생각하는 힘: 진형준 교수의 세계문학컬렉션 61

펴낸날	초판 1쇄 2021년 5월 24일

지은이	에밀 졸라
옮긴이	진형준
펴낸이	심만수
펴낸곳	(주)살림출판사
출판등록	1989년 11월 1일 제9-210호

주소	경기도 파주시 광인사길 30
전화	031-955-1350 팩스 031-624-1356
홈페이지	http://www.sallimbooks.com
이메일	book@sallimbooks.com

ISBN	978-89-522-4295-2 04800
	978-89-522-3984-6 04800 (세트)

※ 값은 뒤표지에 있습니다.
※ 잘못 만들어진 책은 구입하신 서점에서 바꾸어 드립니다.

책임편집 **최정원**